ANANIJ KOKURIN

DER TISCH

DER TISCH

ANANIJ KOKURIN

ROMAN

AUS DEM RUSSISCHEN VON
CHRISTIANE AURAS

OSBURG VERLAG

TITEL DER RUSSISCHEN ORIGINALFASSUNG: СТОЛ

ERSTE AUFLAGE 2018

WWW.OSBURGVERLAG.DE

LEKTORAT: BERND HENNINGER, HEIDELBERG
UMSCHLAGGESTALTUNG: KEIKO HOSHINO, LEIPZIG
SATZ: HANS-JÜRGEN PAASCH, OESTE
DRUCK UND BINDUNG: CPI BOOKS GMBH, LECK
PRINTED IN GERMANY
ISBN 978-3-95510-153-4

FÜR UWE TISCH

DIE FRAGE

9. SEPTEMBER 1996

Kaum wart ihr weggefahren, da hatte mich die Einsamkeit meiner Klause wieder. Seit Tagen schon kann ich kein Auge mehr zutun. Meine unruhigen Gedanken und die schlaflosen Nächte haben mich ganz aus dem Gleichgewicht gebracht, tags wird es nicht hell und nachts ist mir wie am Tage zumute. Ich war schon dabei, die Sachen zusammenzupacken, euch nachzustürzen, zu reden, alles zu erklären, doch dann ließ ich diese dumme Idee sein. Und jetzt bin ich zu Hause, allein, untätig. Starre an, was hinter den Fenstern fremder Wohnungen geschieht.

Trübe Tage. Nebel, Wind, Nieselregen fällt. Im fünften Stock des Mehrfamilienhauses gegenüber hat jemand die Vorhänge zurechtgezupft, hinter einem anderen Fenster sitzen Kinder seit zwei Tagen ununterbrochen vor dem Fernseher. Von verschiedenen Seiten sehe ich die Augen alter Frauen auf die Fenster unseres Hauses, auf mich gerichtet. Herrgott, ein unvorstellbarer Ameisenhaufen, unsere Häuser hier! Hätte ich mir je ausmalen können, dass ich tagelang fremden Schicksalen nachspionieren würde, mir Gründe ausdenken, um Begegnungen aus dem Weg zu gehen? Vielleicht kommt das daher, dass ich Angst habe, mich selber anzusehen, einen Blick auf den Ameisenhaufen der eigenen Seele zu werfen.

Erinnerungen an lange Vergangenes sind etwas Rätselhaftes. Die Zeit entfernt uns immer stärker von uns selbst, und so sehr, dass man sich zuweilen fragt: Hat das, woran ich mich erinnere, überhaupt existiert? Jenes Ich gibt es nicht mehr, und die alten Orte sind nicht wiederzuerkennen, und immer öfter fragen mich meine weitgeöffneten Augen, während sie prüfend ihr Abbild im Spiegel betrachten: »Wer ist das? Wer ist diese runzlige Frau mit dem erloschenen Gesicht?«

Meine Hände sind voller Tinte; hin und wieder eine Tasse Tee, dann das Strickzeug, dann lege ich alles beiseite und fange von vorne an. »Mama, sag doch endlich, wer mein Vater ist?« Immer wieder höre ich deine Stimme. Wie traurig, dass es bei uns nicht üblich ist, über persönliche Dinge zu sprechen – für das Allerwichtigste haben wir entweder keine Kraft oder keine Zeit.

Du möchtest etwas über deinen Vater erfahren? Eine alltägliche Geschichte, mein Lieber. Ich habe gewartet und geglaubt, dass es einmal geschehen wird – lange Zeit habe ich gehofft, meiner Liebe zu begegnen. Du geliebter, einziger Sohn, kann man mir dieses Unglück zum Vorwurf machen? Dass Gott es deiner Mutter versagt hat, einen Mann zu treffen, mit dem sie wenigstens einen einzigen Tag hätte leben wollen?

Du fragst, wer dein Vater ist? Glaube mir: es gibt Dinge, die man nicht wissen muss. Und keineswegs darum, weil irgendein Geheimnis dahinterstecken würde. Dieses »Wissen« wäre kein bisschen nützlich oder von Bedeutung für dich. Und zu lügen, dir irgendwelchen Unsinn zu erzählen, würde nur heißen, dass ich dich nicht genug achte. In deiner Kindheit habe ich dir nichts vorgemacht – und jetzt will ich dich ebenso wenig hintergehen.

Alles, was ich dir verraten kann, ist, dass ich mich eines Tages sehr danach sehnte, dich zu haben. Deshalb flehe ich dich an – quäle mich nicht, gestehe deiner Mutter das Recht zu, das für sich zu behalten, was nur sie wissen muss!

Ich habe viel darüber nachgedacht, was eine Frau ihrem Sohn, der Antworten braucht, an ihrem Lebensabend mit auf den Weg geben kann, und ich habe verstanden: ich muss dir diese Geschichte erzählen.

DER TRAUM

Am Meer. Muscheln und Schaum. Die würzige, nach Granatapfel duftende Luft, die der Wind von den Hängen herunterträgt, brennt mir auf der Haut wie ein Sud aus Salz und Kräutern.

Nacht für Nacht höre ich diesen Gesang: einen einstimmigen Chor. Mal eine abschwellende, mal eine deutlicher hervortretende Melodie, in der Andacht und Ruhe und das verhaltene Rascheln der Ebenen mitschwingen. Immer wieder träume ich dasselbe – das Rauschen des Meeres und das Schurren des Gesteins, Stimmen von Menschen, deren Gesichter ich nicht sehe. Als ob Matrosen an einer Anlegestelle mit geschlossenen Lippen langsam vor sich hinsummen … Nein, nicht Matrosen, andere Leute – eine riesige Menschenmenge. Und es ist unmöglich, aus dem gleichmäßigen Rauschen einzelne Klänge herauszuhören und zu unterscheiden. Sie überwältigen mich, erfüllen mich, erschüttern mich durch die einfache Klarheit jedes einzelnen Tons, durch die Natürlichkeit jeder Stimme.

Wenn mit dem Erwachen die Reste dieser wunderschönen Bilder verblassen, versuchst du jedes Mal sie festzuhalten, wenigstens für ein Weilchen. Aber dieser Traum, er löst sich nicht im Morgengrauen auf, vergeht nicht, veranlasst dich nicht, krampfhaft nach den Überbleibseln der beseligenden Gefühle zu haschen. Seine Melodie ergießt sich gleichsam aus dem Nichts in den Tag. Entzückt, verzaubert, erschüttert dich durch die plötzlich erstandene Ahnung, dass es noch etwas anderes auf der Welt gibt …

Als der Krieg begann, war ich noch ein Kleinkind. Mein Vater, Sergej Regolskij, kam gleich zu Anfang in der Gegend von Minsk um. Die Erinnerung an ihn ist ausgelöscht. Nur ganz selten, wie durch dichten Nebel, taucht aus der frühen Kindheit das Bild eines jungen Mannes in meinem Bewusstsein auf. Dichtes Lockenhaar, Stimmen im Haus, kaum zu unterscheiden, Nachhall von fröhlichem Lachen. Zuweilen bricht es abrupt ab, dann erneut ausgelassenes Lachen, ich höre die Stimme meiner Mutter und wieder ein Lachen. Doch stärker als diese Stimmen empfinde ich die Wärme großer Männerhände: sie halten mich fest, streichen mir über das Haar, drücken mich behutsam an die Brust. Das ist alles, was ich behalten habe.

Eine Zeitlang dachte ich sehr oft an meinen Vater, versuchte ich so hartnäckig, mir wenigstens ein paar vergessene Einzelheiten wieder bewusst zu machen, dass es mir schließlich vorkam, als sei das alles nie gewesen. Und meine Erinnerungen seien durch den normalen Mangel an männlicher Fürsorge verursacht, den jene Kinder besonders empfinden, die nur von der Mutter aufgezogen werden. Doch jedes Mal, wenn ich zu Hause, in meinem Dorf, war, regten sie sich wieder. Wie Schatten aus der Vergangenheit, wie das Echo eines früher Geschehenen, streckten sie mir die Hände entgegen.

DER BRIEF

Erinnerst du dich noch, dass eines Tages in unserer Wohnung an der Uferstraße ein Bauerntisch stand? Mitte der achtziger Jahre lebtest du schon in Leningrad. Und bei deinen Besuchen zu den Neujahrsfeiertagen hast du mich öfter danach gefragt, wie er in die Wohnung gekommen sei und warum dieser große, sperrige Gegenstand so viel Platz in dem kleinen Zimmer beanspruchen dürfe. Und wieder und wieder habe ich mir vorgenommen, dir die Geschichte zu erzählen, aber – immer dasselbe: einmal eine Taufe, dann ein Abschiedsessen, das Haus voller Gäste – und für das Allerwichtigste bleibt keine Zeit.

Im Mai 86 erhielt ich einen eingeschriebenen Brief meines Vetters. Darin teilte er mir mit, dass unsere Großmutter im Winter ernsthaft krank gewesen war und auch im Frühjahr nicht richtig gesund wurde. Er war beunruhigt und beschwerte sich darüber, dass sie trotz ihres schlechten Zustands jede Hilfe kategorisch ablehnte. Stets sagte sie, sie braucht niemanden, dabei wird sie mit dem Haushalt nicht mehr fertig, und die Verwandten machen sich allmählich ernsthaft Sorgen, dass dieser Starrsinn sie noch zugrunde richtet.

Der Brief enthielt ein paar merkwürdige Einzelheiten. Der Vetter erzählte, dass sein Sohn Paschka im Garten hinterm Haus beobachtet habe, wie meine Mutter mitten im Kartoffelbeet sentimentale alte Lieder sang.

Mein Gott … das klang dermaßen ungereimt. Meine Mutter hatte sich nie etwas aus Liedern gemacht. Weder als Kind noch irgendwann später hörte ich je, dass sie etwas vor sich hinsang. Aber auch der Vetter behauptete, dass er mehr als einmal die Mutter beobachtet habe, wie sie in Gedanken versunken alte Klagelieder sang oder so eine Art von Gebeten und Beschwörungsformeln vor sich hinmurmelte. Eines Morgens hatte er sie dabei überrascht, wie sie, auf der bloßen Erde kniend, ihre Arme flehentlich zum Himmel emporstreckte, und er machte eine Bemerkung, als sei unsere Mutter psychisch nicht gesund.

Sein Brief beunruhigte mich sehr, ich wusste nicht, was ich davon halten sollte. Die Mitteilungen meines Vetters waren nicht besonders glaubwürdig. Jeder Neigung zum Okkultismus und zur Frömmelei abhold, war meine Mutter zeitlebens eine fast unweiblich ausgeglichene Person, die keine direkten Gefühlsäußerungen zeigte. Was mochte seit unserem letzten Treffen vor einem Jahr in ihr vorgegangen sein?

Meine Unruhe wuchs immer mehr. Aber, offen gestanden, nicht so sehr ihretwegen, sondern – du weißt das auch – ich hatte unsere nicht gerade unkomplizierte Verwandtschaft im Verdacht, dass sie im Hinblick auf einen alten Menschen unlautere Überlegungen anstellen könnte. Unser Grundstück war ziemlich groß, das Haus solide gebaut und gut erhalten. Die Kinder des Vetters waren inzwischen erwachsen. Und eh du dich versiehst, gründen sie eine Familie, da würde ihnen unser Grundstück sehr zupass kommen.

Sofort hinzufahren war unmöglich – in der Schule hatten gerade die Prüfungen angefangen – und als wir miteinander telefonierten, vereinbarten wir, dass die Verwandten sich bis zum Sommer um die Mutter kümmern sollten. Und ich würde ihr mitteilen, dass es wohl an der Zeit ist, zu mir in die Stadt zu ziehen. Ich würde den ganzen Umzug organisieren, und Mitte August, vor Beginn des neuen Schuljahrs, die Mutter abholen kommen.

Und so haben wir es dann gemacht. Im Juni besuchte ich euch in Leningrad, dann fuhrt ihr auf die Krim und ich zur gleichen Zeit zu meiner Mutter. Vierundzwanzig Stunden unterwegs. Der Zug kroch nur so dahin, ich war in einen quietschenden alten Waggon geraten. Mitten in der Woche war dieser Waggon mit den reservierten Plätzen halbleer: Stille, gleichmäßiges Schlagen der Stahlräder, keiner der Mitreisenden suchte einen Vorwand, ein Gespräch anzufangen oder Domino zu spielen. Eine Bahnstation nach der anderen glitt in schläfriger Erstarrung vorüber.

Die wenigen Stationen auf der Strecke mit längerem Aufenthalt lösten die trostlose Eintönigkeit der Fahrt gleichsam etwas auf. Ein paar Mal legte ein taubstummer junger Mann (wer würde es wagen, so jemanden zu beleidigen?) auf den Tischen selbstgebastelte Fotokalender und Spielkarten mit unbekleideten Mädchen aus, die von ausländischen Zeitschriften schwarz-weiß kopiert und auf Pappe aufgezogen waren. Den älteren Reisenden bot er nicht minder widerliche kleine Kalender an, auf denen die Jungfrau Maria mit dem heiligen Nikolaj abgebildet war. Neugierig und verächtlich schielten die Leute sowohl auf die zweifelhafte Heiligendarstellung wie auf die schlüpfrigen Posen freizügiger Mädchen aus einem Erziehungsheim für Waisenkinder. Da er keine Käufer fand, ließ der Junge die vom häufigen Vorzeigen abgegriffenen »verbotenen Früchte« des Sowjetlebens mit routinierter Geschwindigkeit wieder in einer schwarzen Tasche verschwinden und begab sich in den nächsten Waggon.

Ich konnte nicht schlafen. Die halbe Nacht sah ich draußen vorm Fenster die wie am Fließband vorüberhuschenden Schatten, betrachtete aufmerksam die verschwommenen Umrisse unbekannter Ortschaften. Und erst jetzt, nachdem ich einige Stunden in dieser Stille gefahren war, spürte ich, dass wirklich ein großer Einschnitt bevorstand. So ist es ja oft: Du triffst eine wichtige, vielleicht die einzig richtige Entscheidung, aber im Getriebe des Alltags kommst du gar nicht dazu, dir die Konsequenzen der Ereignisse bewusst zu machen. Und erst nach einer gewissen Zeit überkommt dich plötzlich die Einsicht, dass diese Veränderungen ja unmittelbar bevorstehen und das Alltagsleben bald ganz anders verlaufen wird.

Was dort im Dorf meiner Mutter vorgegangen ist, ob meine Mutter sich an dem neuen Ort wohlfühlen wird, mitten im Asphalt und zwischen mehrstöckigen Wohnhäusern? Wenn sie sich nicht eingewöhnen kann, wenn wir beide nicht miteinander zurechtkommen – was dann?

Meine Gedanken verwirrten sich und raubten mir die Ruhe. Bruchstücke von Erinnerungen tauchten auf, die einmal Freude, dann wieder unerklärliche Erregung hervorriefen. In meinem Innern regte sich etwas Unklares, Unentschiedenes, fast Vergessenes. Jenes ferne »Es war einmal« aus einem anderen Leben, in dem ich ein kleines Kind, ein junges Mädchen in seinem Elternhaus gewesen war.

Plötzlich fiel mir ein, dass ich meiner Mutter damals andauernd nachspionierte, sie beobachtete, obwohl ich mir nicht erklären konnte, warum. Im Dorf war ich der einzige Mensch, der seine Mutter mit Sie anredete; und sie mochte mich noch so oft bitten, »diese Marotte zu unterlassen«, immer wieder verfiel ich in die Gewohnheit, bis sie sich schließlich damit abfand.

Aus welchem Grunde blieb diese schöne, attraktive Frau, die mit einundzwanzig Jahren verwitwet war, ihr Leben lang meinem im Krieg gefallenen Vater treu und schenkte den zahlreichen Verehrern, die sich auf der Schwelle unseres Hauses drängten, überhaupt keine Beachtung? Ich hätte mir so sehr einen fürsorglichen Mann an ihrer Seite gewünscht!

Warum ist sie eine so rätselhafte, verschlossene Person, und wieso vergöttere ich sie dermaßen und fürchte mich zugleich vor ihr? Werden wir das Haus rasch verkaufen können oder muss ich noch einmal herkommen, um den Papierkrieg zu beenden? Eine Menge Fragen und Überlegungen schwirrten mir im Kopf herum. Hätte ich überhaupt ahnen können, wie diese Reise für uns ausgehen würde?

ICH FAHRE NICHT

Wie schon vermutet, hatten die Verwandten unser Haus gekauft. Und ich versuchte nicht mehr, die Beweggründe und Besorgnisse ihrer Briefe zu verstehen. Ich sagte mir, was auch immer geschehen ist, die Situation lässt sich nicht mehr rückgängig machen, und für meine Mutter wird es besser sein, mit mir in die Stadt zu ziehen. In den letzten Tagen war ich nur noch damit beschäftigt, die vielen Freunde und die Verwandtschaft zu besuchen: gemeinsame Mahlzeiten, Erinnerungen, Abschiedsbesuche, Gespräche über das Leben in der fernen Stadt, das vielen ganz fremd war. Meine Mutter blieb die ganze Zeit zu Hause. Sie war wortkarg wie immer, etwas zerstreut, aber energiegeladen und sah ungemein lebendig aus.

Möbel und Hausrat hatten wir den Verwandten geschenkt, und die wenigen Erinnerungsstücke, die wir mitnehmen konnten, passten in zwei Koffer.

Die natürliche Wehmut der letzten Tage, der Abschied von den Plätzen der Kindheit, gemeinsame Gänge zum Friedhof – werde ich eines Tages zurückkehren müssen? Ich machte aufmunternde Bemerkungen, sagte meiner Mutter, dass jetzt für sie ein neuer, sehr schöner Lebensabschnitt beginnt, und erzählte ihr, wie überwältigend schön der Sommer bei uns an der Wolga sei.

Auf einem kleinen Tisch in der Ecke lagen einige wenige Dinge, deren Schicksal noch nicht entschieden war: zwei bestickte Zierhandtücher, die von der Urgroßmutter stammten, Nippessachen, einige Teller und Tassen, an denen meine Mutter hing. Ich weiß noch, wie ich sie fragte, ob wir auch nichts Wichtiges vergessen hätten. Und sie antwortete, dass wir alles Notwendige schon eingepackt hätten, und was kann es für eine alleinstehende alte Frau überhaupt noch Wichtiges geben? Dann aber, nachdem sie eine Weile geschwiegen hatte, fügte sie hinzu:

»Nur eins beunruhigt mich: wie wollen wir beide den Tisch transportieren?« Sie machte eine ärgerliche Handbewegung zum Esstisch hin. »Er ist doch so schwer und äußerst unpraktisch. Ich habe schon mit Jakov gesprochen, er fährt uns zur Bahnstation, aber wie bekommen wir den Tisch in den Zug – ich habe keine Ahnung! Vergib mir, Töchterchen … Die Beine vielleicht absägen?«

Meine Mutter war nie zu Scherzen aufgelegt gewesen, aber dass sie jetzt ernsthaft über den Tisch sprach, das leuchtete mir ebenso wenig ein.

»Mama, das ist doch nicht Ihr Ernst?« Sie schwieg nicht lange. Dann sagte sie, ein wenig verlegen, aber bestimmt:

»Nein, mein Liebes, diesen Tisch werden wir mitnehmen müssen. Ohne ihn fahre ich nirgendwohin.«

Ich … ich war fassungslos. Sofort fiel mir der Brief meines Vetters und die Erzählungen von dem rätselhaften Benehmen meiner Mutter ein.

Unser alter, im Laufe der Zeit dunkel gewordener Tisch kam mir in keiner Weise kostbar oder bemerkenswert vor. Irgendwann, vor Urzeiten, hatte mein Vater – wie meine Mutter immer erzählte – ihn angefertigt. Damals träumte er von einer großen Familie, daher hatte er den Tisch größer als üblich gemacht. Jetzt betrachtete ich diesen massiven Gegenstand aus Holz und begriff überhaupt nichts. Ich konnte mich nicht daran erinnern, dass meine Mutter oder irgendjemand anders ihn je erwähnt hätte. Er stand einfach da. Alle behandelten diesen Tisch wie jedes andere dörfliche Möbelstück. Also ehrlich, was ist denn schon ein Tisch?

Natürlich kann man sich das Leben ohne einen Tisch kaum vorstellen – er wird einfach gebraucht, aber im Alltag hat er keine größere Bedeutung als eine Tür, der Fußboden, der Ofen, die Fenster und alles andere, was irgendwann einmal gewissenhaft, solide hergestellt wurde, um ein Leben lang seinen Dienst zu tun.

Und kein Mensch auf der Welt transportiert den eigenen Tisch tausend Werst weit!

»Mama, was fällt Ihnen ein, warum tun Sie mir das an?« Ich war so verwirrt, dass mir – ich weiß es noch – sogar die Tränen kamen. »Meinen Sie etwa, bei mir in der Stadt gibt es keinen Tisch oder wir haben so viel Platz in der Wohnung, dass wir ihn da unterbringen können? Und haben Sie einmal überlegt, wie wir ihn transportieren? Wie wir überhaupt mit diesem schweren Trumm reisen sollen?!«, brach es zornig aus mir heraus.

»Du liebe Tochter, ich weiß es nicht …«, meine Mutter sah niedergeschlagen und traurig aus. »Bitte, verzeih mir, Liebe, ich weiß es wirklich nicht. Aber ohne unseren Tisch fahre ich nirgendwohin.«

Ich hatte keine Kraft, mit ihr zu diskutieren. Verärgert verließ ich das Haus und lief zu verschiedenen Bekannten – schlug die Zeit tot, zerbrach mir den Kopf darüber, was das alles bedeutet und wie ich mich jetzt weiter verhalten soll.

UNTER DEM TISCH IST EINE SPERRHOLZPLATTE

Erst zum Abendessen kehrte ich nach Hause zurück. Die Wohnstube glänzte. Von dem Durcheinander, das der Umzug verursachte, keine Spur mehr. Schneeweiße Ziergardinen schmückten die Fenster, auf dem Bett lag eine Decke mit Spitzenbesatz, überall bestickte Handtücher, auf dem Fußboden handgewebte Läufer … Es sah nicht aus, als stünde uns ein Umzug bevor, meine Mutter hatte es sich anders überlegt und beschlossen zu bleiben.

Die Luft im Haus war erfüllt von einer disparaten Mischung aus dem Duft frischgeschnittener Rosen, dem Geruch von gekochten Kartoffeln und geräucherter Wurst. Eingelegte Pilze, Salzgurken, Sprotten, dicke Scheiben einer in damaligen Zeiten teuren luftgetrockneten Wurst, Salate, Grünzeug und Obst aus dem Garten – alles war auf dem Sonntagsgeschirr, das für besondere Gelegenheiten im Buffet aufbewahrt wurde und noch niemals gebraucht worden war, schön angerichtet. Aus irgendeinem Grund war der Tisch vom Fenster weggerückt und auffallend, sehr ungewöhnlich gedeckt.

Bei uns auf dem Lande ist es üblich, und das ist nicht einmal eine Regel – es wird einfach so gemacht: Man deckt den Tisch immer von der Mitte aus. Scheinbar eine Lappalie, für die es keine Erklärung gibt, es ist eine Tradition, anders wird es nicht gemacht.

Aber jetzt war die rechte Hälfte des Tisches meiner Mutter befremdlich leer, und alle Speisen waren wie ein dichter Teppich auf der linken Seite angeordnet. In der Mitte des Tisches stand ein üppiger Strauß weißer Rosen in einem Milchkrug. Ausgerechnet dieser Strauß versetzte mich in noch größere Bestürzung als alles andere, was bisher geschehen war.

Meine Mutter freute sich offensichtlich über meine Rückkehr. Mit dem Ausruf »Na endlich, meine kleine Tochter ist gekommen!« holte sie sofort eine Karaffe mit Wodka aus dem Kühlschrank, nahm die Kartoffeln vom Herd und bat mich an den Tisch. Ich sah nur diesen üppigen, prachtvollen Strauß, und war sogleich sehr aufgewühlt und von einer unerklärlichen Furcht ergriffen. Das lag daran, dass von meiner allerfrühesten Kindheit an weiße Rosen die einzige Leidenschaft meiner Mutter waren. Von allen Blumen liebte sie nur diese und ausschließlich die weißen Arten, andere existierten für sie nicht, nicht einmal Wiesenblumen. Sie machte sich mit ihren Rosen wie mit Kindern zu schaffen, suchte in den Zeitschriften nach Ratgebern, Spritzmitteln und Pflegeanweisungen, redete sogar mit ihnen während des Wachstums. Ihre Rosen durften verschenkt, auch verkauft werden, man konnte alles mit ihnen anstellen. Alles war erlaubt, außer einem: man durfte sie nicht ins Haus bringen. Zu Hause waren alle Blumen verboten, aber das strengste Verbot betraf die weißen Rosen.

So war es immer gewesen. Alle wussten das und nahmen diese unverständliche Laune meiner Mutter seit Langem hin. Manche sagten sogar im Scherz, um sie zu necken, dass meine Mutter im Haus keine Rivalinnen dulde. Und nun plötzlich dieser Strauß, der ihre eigenen Verbote und Regeln durchbrach!

Meine Mutter bat mich zu Tisch, setzte sich dicht neben mich, umarmte mich.

»Ich habe mich so nach dir gesehnt, Kind ... Du hast so schöne Augen, Serjoschas Augen.« Irgendetwas in ihrem Verhalten flößte mir Angst ein. Die so unvermutet auftretenden Bekundungen mütterlicher Wärme und Zärtlichkeit, die ich in meiner Jugend entbehrt hatte, erschienen mir jetzt als Vorboten von etwas, das mir immer stärkeres Unbehagen bereitete. Mit eindringlichem Blick sah sie mich aufmerksam lächelnd an, als habe sie nach langer Zeit zum ersten Mal wieder Gelegenheit, mich zu betrachten. Dann trat sie ans Fenster und blickte sich um. Sie wollte sich davon überzeugen, dass niemand in der Nähe auf der Straße war und ging in den Hausflur hinaus. Ich hörte, wie sie im Vorraum die Eingangstür fester zumachte – weshalb? Und als plötzlich das gedämpfte Schurren des Riegels, mit dem die Dorfbewohner nachts ihr Haus absperren, an mein Ohr drang, begann mein Herz wie verrückt zu hämmern.

Ins Zimmer zurückgekehrt, fragte meine Mutter, warum ich nicht esse. Ich weiß noch, dass ich nur mühsam herausbrachte: »Mama, sagen Sie mir, was geht hier vor? Ich sehe doch, dass hier etwas nicht stimmt, aber ich verstehe überhaupt nichts. Sagen Sie irgendwas, ich halte das nicht mehr aus!«

Aber meine Mutter sagte kein Wort, und dieses Schweigen war noch unerträglicher. Dann, als habe sie einen

Entschluss gefasst, sagte sie langsam: »Da unterm Tisch ist eine Sperrholzplatte. Schieb sie beiseite – darunter ist ein Umschlag.«

Ich bückte mich. Mitten unter der Tischplatte ertastete meine Hand eine kleine hölzerne Unebenheit. Ich musste mich hinhocken, um sehen zu können, wie ich an das Geheimfach herankomme. Eine dünne Holzplatte war an einer Seite mit ein paar Nägeln befestigt, wie ein sinnloses Ersatzstück für ein nichtvorhandenes Loch. Als ich sie aufgebogen hatte, nahm ich aus der so entstandenen Öffnung etwas wie ein Stück Papier. In einem mittelgroßen brüchigen Umschlag befanden sich, vierfach gefaltet, vergilbte Konstruktionszeichnungen einer Brücke auf Millimeterpapier mit Hakenkreuz, mit deutschen Erklärungen und Berechnungen. Darunter lagen zwei linierte Blätter aus einem Schulheft, mit einer winzigen Handschrift auf Deutsch beschrieben. Außerdem enthielt der Umschlag noch fünf Fotografien. Eine zeigte eine Landschaft: steinerne Häuser und Speicher in einer mir unbekannten Gegend, ein mittelgroßes Schloss auf einer bewaldeten Anhöhe. Im Vordergrund standen fremdartig gekleidete Menschen, eine Gruppe von sechs Personen, in der Ferne verschwammen Berge und Wald. Die zweite Fotografie, eine Postkarte, zeigte eine Straße in einer mittelalterlichen Stadt. In der rechten unteren Ecke stand in schwungvoller Schrift: »Frankfurt 1939«. Zwei andere Abbildungen zeigten einen jungen Mann von etwa fünfundzwanzig Jahren. Schön, breitschultrig, in der Uniform eines deutschen Wehrmachtsoffiziers. Auf der letzten Fotografie umarmte meine strahlende junge Mutter, über und über lächelnd, zärtlich diesen Faschisten.

Ich rang nach Atem.

Heute kann ich nicht mehr sagen, ob es Furcht oder Schrecken war, aber nach all dem Erlebten wurde mir innerlich eiskalt. Plötzlich hatte ich das Gefühl, ein Eisberg zu sein, der zu tauen beginnt und das Gleichgewicht verliert, aber noch nicht weiß, ob er bersten, sich überschlagen oder auf eine Seite fallen wird, nur eines weiß er genau, dass in allerkürzester Zeit nichts mehr sein wird wie vorher.

MUTTER

Meine Mutter sah mich forschend an. Ihr Gesicht zeigte weder Verlegenheit noch das geringste Anzeichen von Reue, nur eine gewisse Unruhe war angesichts meiner Erregung in ihrem Blick zu lesen.

»Nenn sie doch Rose …«, sagte sie nachdenklich vor sich hin, während sie mir ein Gläschen hinschob. »Anna, am besten trinkst du einen Schluck.«

Sie benahm sich so, als ob in diesem Moment gar nichts Besonderes vor sich ginge; ohne dass ihre Hand zitterte, goss sie den Wodka in die kleinen Gläser.

»Du liebe Tochter, ich will ja in die Stadt. Wir sollten sofort fahren … Und du hast dich nicht einmal gewundert, dass ich mich gegen den Verkauf des Hauses nicht gewehrt habe. Ich bin zwar noch ziemlich kräftig, aber was ich im Frühjahr erlebt habe – das war schon eine besondere Grippe. Woher kommt die überhaupt? Früher gab es so was wie ›Grippe‹ gar nicht – ich glaube, das hatten wir nie. Obwohl …«

Mit einem Blick überflog meine Mutter – nicht wie üblich, beiläufig – all das, was eben noch in dem Umschlag unterm Tisch versteckt gewesen war. Ich sah, wie sie sich bemühte, die richtigen Worte zu finden, aber sie zögerte noch. Schließlich nahm sie meine Hand in ihre.

»Du weißt doch, dass Serjoscha und ich von allerfrühester Kindheit an zusammen waren. Zuerst einfach als Nachbarskinder, wir waren Freunde, und dann – die Liebe. Nicht so wie im Roman, du erblickst jemanden – dein Herz bleibt fast stehen, und du verliebst dich. Ich kann nicht einmal sagen, ob das Liebe war zwischen uns; von früh auf weißt du, dass dieser Mensch dir vom Schicksal bestimmt ist. Die Eltern hatten das ausgemacht, Serjoscha und ich wussten es immer, und kaum war die Zeit gekommen, haben sie uns das Haus gebaut und uns verheiratet.

Und dein Vater, ach, der liebte mich über alles. Andere verwöhnten ihre Mädchen nicht so wie er, er war ein romantischer Mensch, wollte sich sogar heimlich kirchlich trauen lassen. Obwohl, an Gott glaubte ich natürlich nicht, außerdem war das damals schon nicht empfehlenswert, und mir etwas aufzuzwingen, war nicht seine Art – also blieben wir ungetraut.

Serjoscha arbeitete in der Schmiedewerkstatt. Obwohl er auch das Tischlerhandwerk beherrschte, gingen ihm die Eisendinge leichter von der Hand. Sogar aus der Stadt kamen Schmiedemeister, um sich bei ihm einen Rat zu holen oder mit ihm eine Arbeit zu besprechen, mit der sie nicht fertig wurden.

Und dann war Krieg. Die jungen Männer wurden sofort an die Front geschickt. Serjoscha hat dir sein Halskettchen mit dem Kreuz umgehängt, hat uns beide geküsst und war weg … Aber dort …«, sie machte eine verächtliche, wegwerfende Handbewegung, »in den ersten Tagen hat dort keiner Glück gehabt. Entweder Gefangenschaft oder Tod.«

Meine Mutter griff nach der Schürze, nahm das Tuch vom Kopf, murmelte irgendetwas vor sich hin, dass sie wirklich schon zu vergesslich geworden sei. Ich spürte, wie schwer es ihr fiel, endlich auf das Wesentliche zu sprechen zu kommen, das sie mir eigentlich anvertrauen wollte, und daher unterbrach ich sie nicht.

»Hier heißt es, dass bei euch in Moskau jetzt so eine Perestrojka angeordnet wurde. Hast du eine Ahnung, wie das funktionieren wird?«, fragte sie mit gleichgültiger Stimme.

Nachdem sie die zerknitterte Schürze weggelegt hatte, stützte sich meine Mutter mit dem einem Ellenbogen auf die Tischkante. Ihr dunkelgraues Kleid aus festem Tuch sah an ihr zugleich so einfach und elegant aus, als habe ein sehr guter Schneider es maßgearbeitet. Der reichgedeckte Tisch; die aufgeräumte Wohnstube – wie an Ostern; die Blumen, der Stapel beängstigender Papiere … und mitten im Zimmer meine Mutter in einem dunklen, strenggeschnittenen Kleid. Dieses Bild wird mir immer gegenwärtig bleiben.

Verblüffend, welch ungewöhnliche Weiblichkeit und welche Haltung sie sich in ihrem Alter bewahrt hatte – Umgangsformen, wie sie nur gute Schauspielerinnen haben, die auf der Leinwand adlige Damen verkörpern.

Meine Mutter war in ihrer Jugend sehr schön gewesen, aber eine Schönheit, die nicht in die Augen sprang. Hochgewachsen, von schlanker Gestalt, das Erbe meines Großvaters, ein wenig ungelenk, war sie zugleich ein zartes Mädchen mit feinen Haaren, deren Farbe altem Stroh glich, mit einem lieben, aber ungewöhnlich eindringlichen, prüfenden Blick. Ihr ganzes Lächeln, ihr Gesichtsausdruck erinnerte an das jenseitige Leuchten in den

Gesichtern weiblicher Heiliger auf den Bildern alter Meister. Mir jedenfalls erschien es so, und ich betete sie an. Meine Mutter und ich … äußerlich glichen wir uns überhaupt nicht, als hätten wir keine verwandtschaftlichen Beziehungen, als lebten wir in zwei verschiedenen Welten. Das hässliche junge Entlein, das nicht zum Schwan geworden war. Sicher war das auch der Grund dafür, dass ich von früher Kindheit an eine so starke Abneigung gegen Spiegel hatte. Denn ich wäre ihr so gern ähnlich gewesen, wenigstens ein bisschen.

Meine Mutter hatte einen ungewöhnlichen Charakter, dessen besondere Eigenschaften ich mir mit den eigentümlichen Vorstellungen der Bauern von einem »würdigen Lebenswandel« erklärte, die in ihrem Elternhaus herrschten. Ich kann mich nicht daran erinnern, dass sie sich auch nur einmal über eine Widrigkeit, über eine Kränkung beklagt hätte oder dass sie über eine Zwangssituation in Zorn geraten wäre. Meine Mutter war eine liebenswürdige, gutmütige und zum Verrücktwerden wortkarge Frau.

Auch aus meiner Jugend kann ich mich nicht daran erinnern, dass sie jemals etwas gefordert oder jemandem eine Bedingung gestellt hätte. Sie verstand es überhaupt nicht, um etwas zu bitten, als könne ein solches Vorgehen sie angreifbar machen oder sogar demütigen. Daher nahm sie eine Sache immer selbst in die Hand und ließ sich nur im äußersten Notfall von Außenstehenden helfen. Aber wenn sie mich brauchte, dann konnte sie das so sagen, als ob sie laut nachdächte, ohne sich an mich zu wenden: »Das Blumenbeet sollte vor dem Mittagessen noch gejätet werden« oder so ähnlich, und das Ende vom Lied war, dass wir alles rechtzeitig erledigten.

Meine Mutter saß niemals untätig herum, minutiös plante sie alles, was zu tun war, überlegte jede Angelegenheit im Voraus und geriet nie in Zeitnot, und dabei blieb sie bei allem, was sie unternahm, unverändert freundlich und unangreifbar. Als ob sie ihr Leben führen wollte, ohne jemandem Unannehmlichkeiten zu bereiten: unauffällig, nachgiebig, leise, jeden Konflikt und jede Streitigkeit vermeidend. Meine Mutter liebte Bücher, Zeitungen las sie nicht – zumindest habe ich sie nie damit gesehen. Auf dem Bücherbord lagen ein paar Bände Puschkin, Tschechows Erzählungen; der Roman »Purpursegel« von Alexander Grin war in Zeitungspapier eingeschlagen, um den angeschmutzten Umschlag zu verdecken. Auch ein Band mit ausgewählten Werken von Shakespeare stand da, und noch ein paar vorrevolutionäre, im Laufe der Zeit halbzerfallene Broschüren mit Erzählungen von Schriftstellern, deren Namen mir gar nichts sagten.

Ihr Fernsehapparat, ein Geschenk, war unter einer Spitzendecke versteckt, sie hatte ihn noch nie eingeschaltet. Das Radio in der kleinen Küche dagegen war alltags ständig in Betrieb, aber nur, damit meine Mutter den Ton lauter stellen konnte, wenn sie durch den Äther eine Lieblingsmelodie hörte. Doch kaum begann die Stimme des Nachrichtensprechers die Ereignisse im Land oder in der Welt bekanntzugeben, drehte sie die Lautstärke ungerührt zurück und beschäftigte sich mit ihren Angelegenheiten.

Gelegentlich versuchte jemand, ihre Meinung zu einem Ereignis zu erfragen, entweder um sie in ein Gespräch zu ziehen oder auch nur um zu erfahren, was sie dachte. Sie zuckte dann jedes Mal gleichgültig die Achseln und sagte langsam, mit einem unbeschreiblich liebenswürdigen, einfachen Lächeln: »Jetzt mal ehrlich, wieso fragst du mich? Ich bin doch nur eine Frau vom Lande, von all diesen Dingen habe ich keine Ahnung.«

Und bei aller scheinbaren Prinzipienlosigkeit hatte meine Mutter eine besondere Eigenschaft: Wenn sie einmal einen Entschluss gefasst und sich etwas vorgenommen hatte, konnte niemand sie davon abbringen.

Und das war jedem klar.

DER DEUTSCHE IST DA

Aufmerksam betrachtete ich die Fotografien, die auf dem Tisch lagen, und ein ganzer Schwarm zusammenhangloser Vermutungen und Gedanken wirbelte mir bedrohlich im Kopf herum.

Wer sind wir? Wer ist meine Mutter? Was will sie mir jetzt erzählen? Bin ich etwa die Tochter eines faschistischen Spions oder noch schlimmer – eines Vaterlandsverräters, und meine Mutter … warum lässt sie sich auf dem Foto von einem Deutschen umarmen? Wie konnte sie sich das herausnehmen? In diesem Moment hatte ich das Gefühl, alles, was mir bis jetzt heilig und teuer war, bräche zusammen. Und womöglich … womöglich ist dieser Deutsche auch noch mein Vater?, dachte ich entsetzt. Meine Mutter hatte die Papiere beiseitegelegt und goss kalten Wodka in die Gläser.

»Keine Angst, Anna, ich erzähl dir alles. Aber vorher sollten wir etwas essen, ehe die Kartoffeln ganz kalt werden.«

Es gab keinen Ausweg. Im ganzen Haus hinter der festverschlossenen Tür kein Geräusch, nur das Klirren der Bestecke auf den Tellern. Ich hatte zwar keinen Hunger mehr, aber auf dem Lande ist es unmöglich, sich mit leerem Magen etwas Wichtigem zuzuwenden.

Als wir gegessen hatten, deckte meine Mutter schnell den Tisch ab, brachte den Samowar und Gebäck. Hin und wieder glitt ihr Blick über die Papiere, als sei sie mit ihnen ständig im Gespräch, und als sie beide Becher mit heißem Wasser gefüllt hatte, verfiel sie plötzlich in einen Redeschwall, wie ich ihn bei ihr noch nie erlebt hatte.

»Als wäre das alles gestern gewesen. Ich erinnere mich sogar an die Gerüche und die Geräusche. Zuerst drang irgendwoher dumpfes Dröhnen von Motoren durch die Wolkendecke. Was da flog und wohin, war nicht zu erkennen, doch das monotone Geheul schien alles zu durchdringen und erfüllte den Rest des Tages mit eisiger Unruhe. Ein paar Tage später, anfangs kaum auszumachen, drang der Lärm von Geschützfeuer zu uns. Die Einschläge und das dumpfe Rollen der Detonationen kamen von Stunde zu Stunde näher, und als es dunkelte, war Polozk, sonst aus der Ferne kaum wahrnehmbar, von einem hellen Widerschein am Himmel erleuchtet. Die Stadt stand in Flammen. Das Feuer breitete sich schnell aus, sprang auf die Randgebiete und das Zentrum über, die Fabriken brannten.

Die Dorfleute hatten ihre Häuser verlassen, schauten zu der vom Feuer eingeschlossenen Stadt. Meine Eltern standen reglos da, sprachen wenig, leise. Gegen Abend ersetzten sie ihr gedämpftes Sprechen durch Gesten, lange Blicke, mit denen sie einander ansahen. Mein Vater trank ein Glas Tee nach dem andern. Es war kein Trinken, er schien unerträglich heiße Mengen des tiefroten Aufgusses in Riesenschlucken in sich hineinzugießen. Zuweilen erstarrten seine Backenknochen, zuckten, eine Zeit lang ging er in der Stube hin und her, zog den bitter duftenden

Tabak heftig in der Nase hoch. Lange Zeit betrachtete er die in Flammen stehende Stadt aufmerksam durchs Fenster. Geistesabwesend kratzten seine Finger die abblätternde Farbe von den Fensterrahmen. ›Der Deutsche ist wirklich da‹, sagte er langsam mit dumpfer, fast tonloser Stimme.

Währenddessen saß meine Mutter bewegungslos da. Ab und an trat sie zu meinem Vater, berührte ihn mit einer Hand und setzte sich wieder hin, wobei sie ihn ansah, als sei er ihr Kind in der Wiege.

›Vielleicht hat das sogar sein Gutes‹, sagte sie leise, als sie wieder zu ihm trat, in der Annahme, dass ich es nicht höre.

Sie umarmten einander und sahen noch lange auf die brennende Stadt.

Am nächsten Morgen kehrte Onkel Pawel, ein guter alter Freund meines Vaters, aus der Stadt zurück. Er war unser Nachbar. Der immer zum Lachen aufgelegte, zu jedem Spaß bereite, trinkfreudige Mann war bleich wie der Tod. Hastig, sich überstürzend berichtete er, was er mit eigenen Augen gesehen hatte, wie die jungen Burschen in der Stadt – angeblich Komsomolzen – alles Brennbare anzündeten: Wohnhäuser, Läden, Lagerhallen. Sie gingen durch die Straßen und warfen Flaschen mit einer entzündlichen Flüssigkeit in die Fenster der Holzhäuser. Die Leute schafften es kaum, auf die Straße hinauszuspringen, um sich zu retten. Diejenigen, die versuchten, die Brandstifter aufzuhalten oder ihr brennendes Eigentum zu löschen, wurden auf der Stelle erschossen.

Wir fragten nach den Deutschen, aber in der Stadt hatte niemand welche gesehen. In Polozk herrschte Anarchie, Chaos und Plünderung – die Einwohner schleppten alles fort, was sie ergattern konnten. Auf Onkel Pawels

Pferdewagen lagen Stofflappen, Mehlsäcke durcheinander, ein großer Spiegel mit abgeschlagenem Rahmen und noch andere Gegenstände, darunter ein Samowar und ein Bügeleisen. Er hätte viel mehr mitnehmen können, aber er war allein, und mit diesen Kostbarkeiten hätte er das Pferd niemandem überlassen. Daher fuhr er eilig nach Hause und überredete uns, nicht lange zu zögern – wer weiß, wie es unter den Deutschen sein würde.«

BUCHWEIZEN

»Mein Vater war einverstanden und spannte den Wagen an, holte den Vetter Saschka, brachte irgendwoher einen schwarzen Revolver und steckte ihn unters Hemd. Der Revolver sei zwar schon lange unbrauchbar, sagte er, er nähme ihn nur zur Abschreckung mit, für den äußersten Notfall. Onkel Pawel war schon eilig vorgefahren, und wir machten uns zu dritt auf den Weg nach Polozk. An einer unbelebten Straßenkreuzung, etwa zweihundert Meter von den Lagerhäusern entfernt, ließen wir das Pferd anhalten, und nachdem wir Saschka beauftragt hatten, es zu bewachen, gingen wir in die Richtung, wo die Menge lärmte.

Auf dem Platz wogte dicht an dicht, monoton schreiend, die Menschenmenge. Ihr blindwütiger, brüllender Strom brodelte mit kaltem, ungeheuer dumpfem Getöse. Zuweilen drängte sich die johlende Masse noch dichter zusammen, dann wieder spie sie einzelne Grüppchen aus und verschluckte andere. Dieser archaische Menschenschwarm – rohe Kerle, Greisinnen und Weiber – mit seinem animalischen Stöhnen und Gebrüll wurde, als wolle er allem Menschlichen seine Verachtung kundtun, von einem einzigen Furor angetrieben: in die Keller der Lagerhäuser zu gelangen und irgendetwas von dort mitzunehmen.

Es war sinnlos, noch zu zögern. Vater, der mich fest an der Hand hielt, stürzte sich mitten in das dichte Gewühl und drängte die Leute gewaltsam auseinander: ›Macht Platz, he, Platz machen!‹ Er arbeitete sich so rücksichtslos vorwärts, dass ich hinter ihm die ganze Wut der Menge zu spüren bekam. Jemand riss mich an den Zöpfen nach hinten, von mehreren Seiten stießen sie mich mit Ellbogen, zerrissen mir die Kleider, traten nach mir, und als ich die Schmerzen nicht mehr aushielt, schrie ich plötzlich auf. Als mein Vater den Schrei hörte, drehte er sich um und schlug in Panik, wie ein wildes Tier die Zähne gefletscht, mit aller Gewalt einer Frau ins Gesicht, die mich wütend am Ärmel gepackt hatte. ›Ich bring dich um, du Schlampe! Ich schlag dich zum Krüppel, du Hündin! Wag es nicht, meine Tochter anzurühren!‹, brüllte er. Die Unglückliche fiel hin, die kopflose Masse trampelte über sie hinweg, hinter uns ertönte lautes Geheul und Stöhnen … Unbeirrbar kämpften wir uns weiter vorwärts.

Irgendwie gelangten wir bis in den Lagerraum. In dem halbdunklen, feuchten Keller waren die Fensterscheiben herausgeschlagen. Überall Steine, Geschirrscherben, Glassplitter, Blutspuren, ein Tohuwabohu, es knirschte und klirrte, zerbrochene Holzkisten, Schuhe, Säcke, Verpackungsmaterial, Papier – alles lag durcheinander, umgeworfen und zerschlagen. Ein paar starke Kerle, Halbliterflaschen in den Händen, die es sich auf Rollen von Druckereipapier bequem gemacht hatten, leerten den Inhalt dieser Flaschen. Unter brüllendem Gelächter grölten sie ihre Flüche in die Menge.

Sich dort länger aufzuhalten, war nicht ratsam. Mein Vater, der in der Nähe ein paar Säcke entdeckt hatte, packte sie uns beiden auf die Schultern und schob mich schnell zum Ausgang hin. Doch kaum hatten wir mit unserer Last ein paar Schritte vorwärts gemacht, als plötzlich alle stehen blieben. Diejenigen, die in den Lagerraum einzudringen versuchten, drückten gegen die anderen, die ihr Diebesgut nach draußen bringen wollten. In dem engen Durchgang entstand ein Stau, der es unmöglich machte, hineinzukommen oder das Gebäude zu verlassen. Da die Menschenmenge hinter uns nicht sah, was im Durchgang los war, drängte sie immer stärker vorwärts, und ich bekam plötzlich keine Luft mehr. Ich fühlte, wie ich das Bewusstsein verlor. Um mich herum verschwamm alles: Menschen, Geräusche, Dunkel und Helligkeit, alle Dinge verloren ihre klaren Umrisse und ihre Kompaktheit – keine Einzelheit, keine Gestalt mehr, nur noch ein unentwirrbarer Knäuel aus Begierde und Schmerz. Mein Vater, der die ganze Zeit hinter mir ging, brachte es irgendwie fertig, dass ich wieder zu mir kam. Doch kurz vor dem Ausgang aus den Kellerräumen wurden den Leuten vor uns die Säcke abgenommen. Als mein Vater begriff, dass uns das Gleiche drohte, brach er in ein wütendes, wildes Gebrüll aus: ›Weg da, Hände weg, untersteht euch! Ich bring euch um, ich schieße!‹

Im selben Augenblick fielen in der dichtgedrängten Menschenmenge auf dem Platz Schüsse, eine Männerstimme rief die Bürger zur Ordnung, und für wenige Augenblicke wurde das Gedränge schwächer. Die Mühlsteine, die uns soeben schon zerquetschen wollten, verloren plötzlich an Kraft und spuckten uns aus diesem Gewühl aus. Eilends stürzten wir mit unserer Last dorthin, wo wir vor Kurzem unser Pferd hatten stehen lassen. Unterwegs sah ich am Straßenrand Körper liegen, blutbeschmiert, regungslos.

Erst als wir die zwei Säcke auf den Wagen legten, begriffen wir, welch unglaubliches Glück wir gehabt hatten: sie enthielten vorzüglichen Buchweizen. Dieser Erfolg ließ Vaters Augen wieder aufleuchten, und nachdem er mir den Revolver zugesteckt hatte, sagte er im Befehlston: ›Überleg nicht lange, ziel auf jeden, der sich untersteht, uns die Grütze wegzunehmen.‹ Und damit stürzte er wieder dorthin, von wo wir uns so mühsam ins Freie gekämpft hatten.

Polozk brannte noch lange. Unglückliche Einwohner, deutsche Soldaten, die in die brennende Stadt einmarschiert waren – alle liefen zwischen den qualmenden Ruinen herum und versuchten vergeblich, die noch glühenden Überreste der Wohnhäuser zu löschen. Trümmer, eingestürzte Mauern, Brandstätten, Aschehaufen – auf vielen Straßen war kein einziges Haus unbeschädigt geblieben.

In der Woche danach kamen die Brandgeschädigten auf der Suche nach einer Unterkunft in die nahegelegenen Dörfer. Viele wussten, dass es im Winter nicht einfach sein würde, in der zerstörten Stadt zu überleben. Dass es aber noch schwieriger war, unter den Deutschen und den Partisanen heil davonzukommen, das machten sich nur wenige klar.«

DER OFFIZIER

Meine Mutter hielt ein Foto in der Hand. Das unerträgliche Foto, auf dem sie und der junge Mann in der deutschen Uniform so albern posieren, während sie einander umarmen.

Gedankenverloren, in die Betrachtung dieser kleinformatigen Aufnahme versunken, flüsterten ihre Lippen kaum hörbar: »So also«, während sie sich dem Bild auf ihrer Handfläche zuwandte, »so hat für mich der Krieg angefangen.«

Und erzählte weiter.

»Wenn ich jetzt an diese Zeit zurückdenke, dann ist mir oft gar nicht klar, was damals wirklich geschehen ist von all dem, an das ich mich erinnere. So gründlich hat sich das Leben verändert, so sehr ist die Wahrheit über die Vergangenheit entstellt worden und ihr Zusammenhang mit dem Heute so endgültig verloren … Und auch wenn ich mich an die Einzelheiten erinnere und mir die wirklichen Ereignisse bewusst mache, die mir im Gedächtnis geblieben sind, sogar dann habe ich das Gefühl, als sei das alles niemals geschehen.

Unsere Gegend war vom Kriegsbeginn nicht betroffen. Anfangs griffen die Deutschen mit unbändiger Schlagkraft an, und obwohl unsere Truppen sich heldenhaft wehrten, hinderte das die Faschisten nicht daran, innerhalb von vierundzwanzig Stunden zig, manchmal sogar Hunderte von Kilometern ins Landesinnere vorzudringen, gelegentlich auch, ohne auf Widerstand zu stoßen. An einigen Orten war es sogar umgekehrt. Ziemlich schnell kursierten Gerüchte, dass der Krieg bald zu Ende sei. Vor Moskau wurde schon gekämpft, und wir lebten wie immer, ohne auch nur eine Veränderung wahrzunehmen. Monatelang hatten wir nicht einmal eine Vorstellung davon, wie die Deutschen aussehen.

So verging die Zeit, bis eines Tages die Obrigkeit überraschend aus der Stadt angefahren kam. Die deutsche Obrigkeit in Wehrmachtsmänteln und unsere zivilen Oberen gingen wichtigtuerisch im Dorf herum, besichtigten die Kolchosgebäude, Kuhställe, Garagen; sie notierten sich etwas, dann fuhren sie alle wieder fort und ließen uns ratlos zurück, was dieser offizielle Besuch zu bedeuten habe. Ein Dorfbewohner behauptete, dass ein neuer Agrarbetrieb für die Versorgung der deutschen Truppen eingerichtet werden sollte, andere waren davon überzeugt, dass hier demnächst eine Fabrik entstehen würde. Doch die Gespräche darüber verstummten schnell und die Leute beruhigten sich.

Und dann, drei Wochen später, wurde ein ganzer Maschinenpark hergebracht: Lastwagen, Sattelschlepper, Kräne und anderes kriegswichtiges Gerät. Ein Ingenieurskorps der deutschen Wehrmacht, das für den Lastentransport, für die Säuberung von Minenfeldern, die Wiederherstellung von Brücken, Übergängen und anderen wichtigen Einrichtungen zuständig war, hatte den Befehl erhalten, ab sofort bei uns sein Standquartier zu beziehen. Zwar konnte niemand genau erklären, warum diese Soldaten ausgerechnet in unserem Dorf einquartiert wurden; jemand behauptete, es sei dafür günstig gelegen. Felder und Fluss waren sorgfältig inspiziert worden und bildeten ein sicheres Hindernis gegen etwaige Sabotageakte. Möglich war auch ein anderer Grund. Wie auch immer, die Deutschen stellten ihre Wagen in die Kolchosgaragen, bauten Schutzdächer, provisorische Baracken, die sich für andere Zwecke eigneten, und im Dorf begann ein reges Leben.

Bei uns wurde ein deutscher Offizier einquartiert. Ein hochgewachsener, auffälliger junger Mann von etwa fünfundzwanzig Jahren aus der Frankfurter Gegend. Auch für einen Ausländer sah er ungewöhnlich aus: ganz ein adliger Stutzer, ein blonder Geck mit klassischen Gesichtszügen, wohlgeformten Händen, schlank, sehnig, kräftig. Seine fast porzellanweißen und zartroten Backen gingen in ausgeprägte Wangenknochen über, sie wirkten vollkommen, makellos. Er war zum ersten Mal in der Etappe, überhaupt zum ersten Mal im Krieg und probierte offensichtlich unter diesen für ihn neuen Umständen verschiedene Rollen aus. Manchmal war der Blick dieses Deutschen streng und kalt, aber viel zu übertrieben, unecht, und dann wieder – außerhalb des Dienstes – bis zum Erbrechen süßlich und friedfertig schmeichelnd, widerlich schmachtend und genauso unecht.

Ausgesprochen schöne Männer habe ich nie leiden können und an ihm stieß mich alles ab – alles erschien mir falsch, gekünstelt.

Er hieß Georg, Georg von Gottfart. Vielleicht auch Gotthardt, ich habe das immer durcheinandergebracht und kann nicht einmal bestimmt sagen, wie man den Nachnamen ausspricht. Georg stammte aus einer vornehmen deutschen Familie – ein junger Mann, der Entbehrungen und Armut nicht kannte, von Kindheit an im Wohlstand gelebt hatte: Kindermädchen, Hauslehrer, eine gute Ausbildung als Bauingenieur. Es wäre unrecht zu behaupten, dass dieser Wehrmachtsangehörige uns überheblich begegnet wäre, eher war es umgekehrt: Er war entschieden zu liebenswürdig und trotz aller

Widersprüchlichkeit seines Benehmens betont freundlich, anfangs lehnte er es sogar ab, das ganze Haus zu belegen. Er gab zu verstehen, dass er selten zu Hause sein würde, und ihm ein kleines Zimmer genüge, das er nur mit einem Schloss auszustatten beabsichtige. Ich wollte aber nicht mit einem deutschen Soldaten unter einem Dach wohnen, also ließ ich ihn mit sich selbst allein, und wir beide, du und ich, zogen ins Nachbarhaus zu den Eltern und dort lebten alle zusammen.

Die meisten Soldaten aus der Truppe, die bei uns im Dorf einquartiert wurde, waren nicht älter als unser Mieter. Keine Frontkämpfer, sie hatten keine Erfahrungen mit Rückzügen oder anderen gefährlichen Situationen gemacht – viele von ihnen waren, obwohl bewaffnet, eher Techniker als gestandene Krieger. Als sie sich nach einem Monat eingewöhnt hatten, ging es den jungen Burschen bestens: sie spielten Karten, flirteten mit den Mädchen im Dorf drauflos und machten sich über die Soldaten lustig, die an dieser Front kein Glück hatten.

Heutzutage will das niemand mehr wahrhaben, als sei es unmöglich gewesen, aber während der Besatzung ließen sich viele unserer braven Mädchen mit den Soldaten ein. In den Städten wurde überhaupt nichts geheim gehalten: ich hörte, dass es dort sogar besondere Einrichtungen gab, wo dem großdeutschen Soldaten ein Mal pro Woche eine »Madam« auf Bezugschein zustand. Anfangs dachten wir, das sei so ein Witz, aber nein, es stimmte wirklich. Allerdings hieß es, dass nicht alle Wehrmachtsangehörigen diese Art Wohltat wünschten. Sogar an der Front bleiben viele Soldaten Menschen, für sie geht es nicht ohne Gefühle. Vielleicht sehnt man sich gerade im Krieg besonders nach Zuneigung und Wärme.

Ein paar unserer Mädchen trafen sich nur mit ungarischen Soldaten oder mit Bulgaren, weil sie annahmen, die seien alle Slawen, und das heißt automatisch: Orthodoxe. Aber ehrlich gesagt, galten solche Beziehungen zu Deutschen, Finnen oder Bulgaren nicht als anstößig; die ersten Unannehmlichkeiten begannen ein Jahr später, als deutsche Offiziere immer häufiger von jungen Frauen aus dem Partisanenuntergrund ermordet wurden, die sich als gewerbsmäßige »Fräulein« ausgaben.

Kaum hatte er sich eingehaust, begann auch Georg, mit mir zu flirten. Anfangs zuvorkommend und höflich, doch das war nur in der ersten Zeit so. Als er damit nichts erreichte, versuchte er es andersherum: er lauerte mir auf, belästigte mich schamlos, wurde frech und aufdringlich. Als er endlich begriffen hatte, dass alle seine Anstrengungen vergeblich waren, bemühte er sich beharrlich um meine Freundschaft. Es gab keine zweideutigen Anspielungen mehr, keine geheimen Zeichen seiner Aufmerksamkeit: er schnitt keine Gesichter mehr, half im Haus, machte selbst einen Teil der Arbeit, die ich eigentlich zu tun hatte, brachte deutsche Konserven mit, Süßigkeiten und Grütze. Das alles stellte er bei uns auf den Tisch. Sogar den Gemüsegarten der Eltern grub er um (was kein anderer Deutscher tat), aber ich wollte nichts von ihm. Die Freizügigkeiten, die er sich vorher erlaubt hatte, waren mir zuwider, die Aufmerksamkeit bedrückte mich ungemein, und schließlich erlahmte sein Eifer.

Währenddessen wurdest du größer, begannst zu laufen und warst begierig auf alles Neue. Soweit wäre alles gut gewesen, nur wie konnte ich dir verbieten, in unser eigenes Haus hinüberzulaufen, zu dem deutschen Onkel, der dir Süßigkeiten mitbrachte und oft den ganzen Abend mit dir spielte, als seist du mit ihm verwandt?

Ich versuchte, dich daran zu hindern – verbot es dir und schimpfte, doch du warst wie verhext. Mir blieb nichts übrig, als mich mit dieser Situation abzufinden, sie zu ertragen.«

WO WIR UNS FINDEN*

»Und dann wurde es Winter. Mit dem ersten Frost erstarrte auch das Leben im Dorf: es wurde langsam, schläfrig. Und der Schneefall war ungewöhnlich. Kaum waren die Schneemassen ums Haus weggeschaufelt, da war alles schon wieder so zugeweht, dass man nicht mehr rauskam, und keine Lust mehr hatte, noch einmal damit anzufangen. Und während du noch hin und her überlegst, fallen die Nachbarn im Haus ein, über den Gesprächen hast du bald die Zeit vergessen, und dann ist es schon egal: der Teufel soll's holen – morgen schaffe ich alles!

Frosttage sind kurz. Und es scheint, als lebe man im Reich der Schneekönigin, in einem Traumreich, gegen die Sorgen eingehüllt in Kälte und dichten Schneefall, losgelöst von der Welt da draußen und von der Notwendigkeit, irgendetwas zu verändern. Alle Wege sind verschwunden, die Fahrrinnen nicht mehr zu erkennen, und der froststarre, alabasterfarbene Wald hinter den Feldern gleicht einer undurchdringlichen Mauer – der Mauer um unsere kleine Welt, in der die Zeit scheinbar stehen geblieben ist

---

* Im Original deutsch.

und die unkomplizierten häuslichen Sorgen nur einen wohltuenden Ausweg aus der winterlichen Langeweile und Schläfrigkeit bilden.

Herrlicher Winter!

Die Front verlief inzwischen so weit von uns entfernt, dass sie zuweilen gar nicht mehr zu existieren schien. Und der Krieg auch nicht. Keine Gefechte, keine Partisanen, gar nichts! Die deutschen Soldaten gammelten schon seit Wochen untätig herum: als seien sie hier vergessen worden. Sie lebten nur ihrem Müßiggang, abgeschirmt durch Frost und Schneesturm, im Hinterhof des monströsen blutigen Krieges, in unserem gottverlassenen Dorf.

Während sie auf ihren Einsatz warteten, heizten die Soldaten regelmäßig die Banja, gingen fast täglich ins Dampfbad, schrieben nach Hause, alberten herum, fotografierten einander und uns vor den riesigen Schneewehen, zeigten uns die Bilder ihrer Eltern und Bräute, erzählten vom Leben zu Hause und luden uns, allen Ernstes, nach dem Krieg zu sich ein – irgendwohin, weit fort.

Ich erinnere mich noch, dass einer von ihnen, Stefan, aus Deutschland eine Geige mitgebracht hatte, sein hochaufgeschossener Kamerad trieb in der Stadt ein Cello auf; Abende lang übten die beiden bekannte alte Melodien und spielten ganze Konzerte vom Blatt. Sie spielten wunderbar. Und wir kamen zum Zuhören.

Und dann gehst du durchs Dorf: der Himmel im Abendschein, unter den Filzstiefeln knirscht der Schnee, aus den Schornsteinen auf den verschneiten Dächern steigt träger Rauch auf; der klare Mond beleuchtet die Gegend ringsum, aus verschiedenen Richtungen ertönt Gesang. Und an den Stimmen erkennst du, in welchem Haus die Deutschen singen und wo die Dorfleute zusammengekommen sind. Du hältst die Fausthandschuhe vors Gesicht, und mit einem Atemwölkchen lässt du ein Flüstern durch die Schafwolle dringen: ›Klarer Mond, ihr zwölf Geister, brecht den Frost!‹

Und es war so friedlich und gut, wenn man das heute jemandem erzählt, heißt es, du lügst! In manchen Augenblicken fühlten wir, dass wir alle zueinander gehören, und freuten uns dann, selbstvergessen, dass wir zusammen sind und niemand unser Leben stört.

Irgendwo, nicht weit entfernt, ist Krieg, Elend und Tod, doch in unserem Dorf herrschen Friede und Eintracht, gleichsam allem zum Trotz, das uns zwingt, zu verschiedenen Seiten zu gehören.

Kein schöner Land in dieser Zeit,
Als hier das unsre weit und breit,
Wo wir uns finden
Wohl unter Linden
Zur Abendzeit.

Die deutschen Jungen pflegten sich in einem Bauernhaus an der Straße zu versammeln, das Licht der Petroleumlampen erhellte ihre Gesichter. Sie diskutierten, tranken Wein, lachten, stritten miteinander und sangen dieses Lied so oft, dass wir es auch auswendig konnten und es auf unsere dörfliche Weise wiederholten. Und die Jungen kamen aus dem Staunen nicht heraus, sie schienen unsere mädchenhafte Intonation schöner zu finden als die eigene. Im Dorf wurden die Haustüren niemals abgeschlossen – in diesem Winter konnte jeder in aller Seelenruhe zu den andern ins Haus kommen, sich mit an den Tisch setzen, sich etwas schmecken lassen und mitsingen. In solchen Momenten überkamen mich oft seltsame, offensichtlich sträfliche Gedanken: ›Wozu, wozu das alles? Warum soll sich überhaupt etwas ändern und warum kann nicht alles so bleiben, wie es ist? Dieser Winter zum Beispiel. Unser sturmverwehtes Dorf, Frost und Schnee, die verschollenen Deutschen – die jungen Burschen, die uns überhaupt nichts Böses getan haben. Sie wollen doch auch nur überleben und leben, möchten glücklich sein und träumen von Söhnen …‹

In jenem Winter begannen viele enge Freundschaften der Soldaten mit den Dorfbewohnern. Zuneigungen keimten auf, Liebesgeschichten entspannen sich mit den Soldaten, Verhältnisse entstanden, die viele, leider, nicht verbargen …«

MISCHUK

Wieder wanderten die Vorspeisen aus dem Kühlschrank auf den Tisch vor uns – plötzlich bekamen wir doch Appetit.

Ich hatte keinen Grund, an der Erzählung meiner Mutter zu zweifeln, mir aber bildlich vorzustellen, wie die Dorfleute und die Hitleranhänger mitten im Krieg friedlich miteinander lebten, dazu war ich nicht imstande. Wir kippten ein Glas nach dem andern hinunter, als enthielten sie Wasser. Draußen vor dem kleinen Fenster dunkelte es. Vielleicht hatte der Alkohol meiner Mutter die Zunge so stark gelöst, vielleicht lag es auch daran, dass die langen Jahre der selbst auferlegten Verschwiegenheit vergangen waren, sich so vieles in ihr angestaut hatte und sie jetzt alles restlos aussprechen musste. Denn als Antwort auf mein vorsichtig misstrauisches »Mama, sag, ist das alles wirklich und wahrhaftig so gewesen?« brach plötzlich ein unerwarteter emotionaler Wortschwall aus ihr heraus.

»Was soll ich dir sagen, du liebe Tochter. Was denn? Dass wir uns damals, unter den Deutschen, seit vielen Jahren zum ersten Mal satt gegessen haben? Erst heutzutage, Liebe, meinen die Leute, die gegenwärtige Staatsmacht sei für immer und ewig. Aber damals, in der Zeit zwischen dem Ersten und dem Zweiten Weltkrieg, änderte sich das Leben der Bauern so schnell, dass sie gar nicht mehr mitkamen. Eine Revolution nach der anderen, erst kommen die Polen ungebeten, dann werden die Kulaken in die Verbannung geschickt, und allen wird ein besseres Leben versprochen. Und statt dieses ›besseren‹ Lebens wühlen sich die Versorgungstrupps durch Speicher und Getreideverschläge, suchen in den Wäldern nach den ›Verstecken‹ der Bauern mit Saatkorn und konfiszieren alles, sogar die letzten Krümel. Und dann schien eine Weile Ruhe zu herrschen, doch kaum ging es uns etwas besser – kommt die nächste Drangsal: alle werden zwangsweise in die Kolchosen getrieben, und wieder hungern die Bauern und laufen barfuß. Wer sich nicht der neuen Staatsmacht anpasst – ab ins Lager, die Popen und die Mittelbauern gleich mit. Den Menschen wird das Lebensnotwendigste genommen: wie das Vieh, das sie schon vorher für die Kolchosen beschlagnahmt haben, treiben sie dich an die Arbeit; egal, ob du krank bist oder nicht – ›raus aufs Feld‹! Und jeder, der den Mund aufmacht, ist ein Schädling. Das Land gehört den Bauern … aber für eine Handvoll Korn, die der hungrige Getreideerzeuger von der Ernte für sich nimmt – ab nach Sibirien, und die Zurückgebliebenen bekommen statt Geld zusätzliche Arbeitsnormen. Und Abgaben haben sie sich ausgedacht, dass du nur noch fragen kannst, wozu deine Mutter dich in die Welt gesetzt hat. Ich selber habe nicht so viel abgekriegt wie meine Eltern, deren Elend hat für drei Leben gereicht. Nein, nein, unsere Staatsmacht watet bis zu den Knien im Blut und hat genug Menschenleben zugrunde gerichtet.«

So erlebte ich meine Mutter zum ersten Mal. Dieser unerwartete Ausbruch, ihre Erinnerungen an die überstandenen Notzeiten waren dermaßen unvereinbar mit all dem, was ich vorher gewusst hatte. Darum wohl konnte ich alles das, was sie erzählte, nicht als wirklich erlebt hinnehmen. Doch der unverstellte Schmerz, mit dem sie die Nöte aufzählte, die sie hatte ertragen müssen, war so offenbar, dass weniger ihre Worte als das plötzlich überströmende Gefühl einer Schuld an allem, was ich nicht mit ihr erlebt hatte, und das Bewusstsein der Unteilbarkeit ihrer Trauer mir die Tränen in die Augen trieb.

»Jetzt hat jeder Ausweispapiere, aber weißt du, wie es damals war? Dorfbewohner hatten weder einen Pass noch eine Bescheinigung oder gar eine Geburtsurkunde. Und das alles, damit die Leute nicht von der Kolchose wegliefen – für die bist du eigentlich kein Mensch. Und auf der Kolchose, Liebe, da pflügst du, eggst du, schleppst Säcke auf deinem Buckel; im Winter Holzbeschaffung, im Frühjahr wirst du zur Holzverarbeitung gejagt. Und nichts aus eigenem Antrieb – auf Befehl, nach Vorschrift von oben, weil es ja den Plan gibt. Wie beim Militär: versuch mal, dich zu widersetzen oder sag, dass die Ernte später beginnt! Ja, genieß das hier, du liebe Tochter, sieh dich ruhig da um, wo du geboren bist.«

Und meine Mutter machte eine Handbewegung in Richtung des Weizenfeldes.

»Was meinst du: wenn es Gesetze gegeben hätte, wäre es dann auch nur einer Kolchosbäuerin eingefallen, ihr Kind draußen auf dem Acker zu gebären? Mit so 'nem Bauch, mit diesen Schmerzen arbeiten zu gehen?! Erinnerst du dich an unsere Freunde, die Poljakows? Ihr Vater wurde nur deshalb in die Verbannung verschickt, weil er auf den Gemeinschaftsabenden eine Tschastuschka, so ein Liedchen gesungen hatte:

Und den Leiter der Kolchose
Haben sie mit Ruß bestreut
Dass die Motten ihn nicht fressen
Vor der ersten Frühlingssaat

Was sie ihm vorwarfen, weiß ich gar nicht mehr, ›verleumderisches Machwerk, das einen Vertreter der Sowjetmacht der Lächerlichkeit preisgibt‹, so ungefähr hieß das wohl.

Und für dieses dumme Zeug schickten sie einen Menschen ins Bergwerk? Und weißt du, was sie zu Antonina, seiner Angetrauten, sagten? ›Sei froh, Antonina, dass sie euch in Ruhe gelassen haben, und wenn ihr euch aufregt, dann werdet ihr gleich eurem Hausvater hinterhergeschickt.‹

So war das, und sie waren froh und bedankten sich noch bei unseren Wohltätern, dass sie ihnen wenigstens das gewohnte Leben ließen. Auf der Kolchose.

Noch so einen Spaßvogel gab es bei uns. Der hieß Mischuk. So ein junger Bursche, ein langer Schlaks. Eigentlich kein Dummkopf, eher so ein ... na ja ... Gott hatte ihn nicht mit viel Verstand gesegnet. Ein einfacher Junge, hilfsbereit, gutartig, ich könnte wirklich nichts Böses über ihn sagen. Also, dieser Mischuk fand irgendwo in der Stadt einen Fetzen Stoff – weiße Buchstaben auf

Rot – mit einer kommunistischen Losung. Nahm ihn mit und hängte ihn bei sich zu Hause am Fensterrahmen auf: ›Wir sind keine Sklaven – Sklaven sind wir nicht.‹ Nebenbei bemerkt: er hatte die Losung nicht selbst gepinselt, hatte sie nach einer Maidemonstration mitgenommen. Ich kann dir nicht einmal sagen, ob er überhaupt lesen und schreiben gelernt hatte.

Und dann? Die Dorfleute grinsten, bei sich zu Hause witzelten sie und sagten: Mischuk ist zwar ein Dummkopf, aber das hat er richtig gemacht. Stimmt doch, die Obrigkeit sagt, dass wir die ›herrschende Klasse‹ sind, dabei sind wir die allerletzten Sklaven, die es auf der Welt gibt! Sie schwatzten, sagten, ›toller Bursche, toller Bursche, der Junge!‹, aber als Mischuk verschwand, wollte keiner auch nur fragen, wohin er geraten war. Als ob sie keinen Mund hätten. In sein Haus wurden so halbe Kriminelle und arme Leute einquartiert; alle haben es gesehen, aber den Mund kriegen sie vor Angst nicht auf. Und dann plötzlich kommen die Deutschen, du Liebe.

Und jetzt überleg einmal selber: Was haben sie mit dem eigenen Volk angestellt, dass diese dreimal verfluchten Okkupanten im Dorf mit Brot und Salz willkommen geheißen wurden?!«

Meine Mutter wiegte bestätigend den Kopf, als ob alles soeben Gesagte ihr vor Augen stünde und sie damit einverstanden sei. »Keinem Deutschen würde es einfallen, seinen Bauern solche Willkür zuzumuten. Sieh dir doch die Kolchosarbeiter an: Suff, Flüche, Faulheit und Schamlosigkeit! Suff, Flüche, Faulheit und Schamlosigkeit!«, wiederholte sie noch einmal.

»Das hast du nicht von mir erwartet?« Ein bitteres, selbstbewusstes Lächeln fuhr wie ein Schatten über ihr errötendes Gesicht. »Ich habe auch nicht gedacht, dass ich dir eines Tages so etwas sagen würde. Nun habe ich es getan! Alle sind Duckmäuser, alle, die Angst um ihr Leben hatten, wurden zu Duckmäusern. Und wer keiner war – der hat nicht überlebt! Sieh dir die Leute doch genauer an: tolle Auslese, alle miteinander.

Aber was den Bauern angeht, wo soll er denn ohne sein Stückchen Land hin? Er ist gezwungen, sich jeder Obrigkeit anzupassen, wenn sie ihn nur in Ruhe lässt.«

ALLES IST GUT

Und jetzt ist dieser besondere Augenblick gekommen, wo der Wodka wie von selbst die Gläser füllt. Ich war gewissermaßen da abgesetzt worden, wo alles bekannt und vertraut zu sein schien. Doch jetzt konnte ich nichts wiedererkennen. Ich bin überzeugt, wenn jemand anders als meine Mutter mir so etwas erzählt hätte, wäre ich sofort aus dem Zimmer gegangen, ohne auch nur weiter hinzuhören. Aber diese beängstigende, unglaubliche Vergangenheit hatte mit mir zu tun – das kann man nicht einfach abschütteln oder sich davon lossagen. Ein Gewirr von Gedanken, von unklaren widerstreitenden Gefühlen überschwemmte mich.

Meine Mutter wollte nicht trinken, schob das Gläschen energisch und so entschlossen wie ein Bauer beiseite: »Nein, nein, lass das, sonst verlier ich den Faden. Ich habe dir ein Versprechen gegeben!«, fuhr sie mit der Geschichte fort: »Es verging etwa ein halbes Jahr! Gegen das Frühjahr hin, im März, bekamst du plötzlich hohes Fieber, dein kleiner Bauch tat weh, Übelkeit, Tränen. Schon vorher hattest du das öfter gehabt, anfangs nahm ich es nicht besonders ernst. Diesmal halfen die bewährten Hausmittel nicht, es ging dir immer schlechter, aber es gab niemanden, an den man sich hätte wenden können. Unseren hiesigen Doktor Sawelij hatten die Partisanen in die Wälder mitgenommen; den anderen Arzt, Solomon Abramowitsch, aus einem entfernter gelegenen Dorf, hatten die Bewohner selbst an die Faschisten ausgeliefert. Ich wusste nicht, wie ich dir helfen sollte, und geriet allmählich in Panik. Meiner Mutter fiel ein, dass im Nachbardorf eine Frau wohnte, Tatjana Nikiforowna, die vor dem Krieg Krankenschwester gewesen war. Es blieb mir nichts übrig, als das Pferd zu satteln und so schnell wie möglich zu ihr um Hilfe zu eilen.

Ich fand das Haus sofort, erzählte ihr, welche Schmerzen du hast, und kaum hatte Tatjana Nikiforowna gehört, dass du dich zu einem Knäuel zusammengerollt hattest und deine Zunge ganz weiß belegt war, zuckte sie die Achseln und sagte, das sei ganz schlecht: das kleine Mädchen hat bestimmt Blinddarmentzündung. Und wenn ich nicht sofort einen Chirurgen finde, kann es schlimm ausgehen.

Was aber tun? Die Partisanen in den Sümpfen suchen und hoffen, dass sie Sawelij für einen Tag freilassen – war sinnlos, und wie hätte er helfen können? Nach Polozk fahren? Das dortige Lazarett war mit Verwundeten überfüllt, und welcher deutsche Arzt würde sich mit der Tochter einer weißrussischen Bäuerin abgeben; und wenn er es täte, dann wäre es glatter Mord, ein Kind mit Blinddarmentzündung im Pferdewagen über unsere miserablen Landstraßen zu transportieren.

Von Tatjana Nikiforowna war nichts Gescheites mehr zu erwarten – sie jammerte nur und schlug die Hände zusammen, und ich ritt verzweifelt zurück, aber auf halbem Wege hielt ich plötzlich an. Was mich dazu bewog, weiß ich nicht. Als ich das Pferd gewendet hatte, ritt ich in rasendem Tempo zum Flussübergang, zu der Eisenbahnbrücke. Vier Tage lang war unser Dorf schon ohne Besatzung gewesen: es hieß, die Soldaten reparierten die Brücke, die die Partisanen gesprengt hatten. Das Pferd, das meine Unentschlossenheit spürte, gehorchte nicht mehr und jagte wie wahnsinnig über die schlammigen Felder, und ich versuchte nur, mich krampfhaft im Sattel zu halten.

Der Flussübergang. Menschengewimmel auf dem Hügel am Ufer, Baulärm und Dröhnen. Georg stand vor der beschädigten, stark verformten Brücke, hielt Konstruktionszeichnungen in der Hand, erklärte einem Mann in Zivil etwas und zeigte auf das Papier.

Die Partisanen mussten etwas falsch gemacht haben, die Brücke hatte die Sprengung überstanden. Gefangene verlegten Eisenbahnschwellen, mischten Zement, reparierten unter der Aufsicht der Soldaten die Gleise. Als die Bewacher der Baustelle mich erblickten, wie ich in rasendem Tempo auf dem scheuenden Pferd auf sie zuritt, brachten sie die Gewehre in Anschlag und schrien in ihrer Sprache: ›Halt, halt, sofort anhalten!‹ Wäre Georg nicht dort gewesen und hätte er mich nicht rechtzeitig bemerkt, dann hätten sie mich oder mein vor Angst wahnsinniges Pferd wahrscheinlich getötet. Georg, der mir entgegenstürzte, brachte das Pferd zum Stehen: ›Maria, was ist los, was ist passiert?‹

In der Schule hatte ich Deutsch gehabt und im Laufe dieses Jahres viel dazugelernt, aber was sollte ich antworten?

Da sind sie, die Deutschen – fremde Menschen. Und hier dieser junge Mann – im Grunde genommen der Feind, der in meine Heimat eingedrungen ist, dem ich gefalle und dem ich aus dem Weg gehe, und zu Hause das sterbenskranke Kind. Und dieser Feind ist meine letzte Hoffnung für die Rettung der Tochter.

Ein Knäuel widersprechender Gefühle: Erniedrigung und Scham, Furcht und der Wunsch – was immer es mich kosten würde –, bis zum bitteren Ende für dich zu kämpfen. Ich weiß noch, wie die Gefühle mich überfluteten, und anstatt zu erklären, was Schlimmes passiert war, brach ich plötzlich in heftiges Weinen aus. Georg dachte, jemand habe mich beleidigt, versuchte, mich zu beruhigen und nahm mich in den Arm. Als er sich schließlich aus meinem Geschluchze und Gestammel zusammengereimt hatte, dass es um dich ging und du einen Arzt brauchtest, gab er den Arbeitern auf der Baustelle sofort Anweisungen und nachdem er mein Pferd in der Obhut der Soldaten gelassen hatte, rasten wir in einem Wehrmachtsauto nach Polozk, ins deutsche Lazarett.

Er kam mit einem Chirurgen aus dem Krankenhaus zurück. Dieser ältere Mann, ein Deutscher, fragte mich mit Worten und Gebärden aus, was und wo es wehtut und warum ich meinte, dass du eine Blinddarmentzündung hättest. Als er sich davon überzeugt hatte, dass alles stimmte, entfernte er sich, unwirsch brummend. Georg ließ ihn nicht in Ruhe, lief ihm nach, erklärte ihm irgendwas und wiederholte es. Der Arzt machte eine abwehrende Handbewegung, und nach seiner gereizten Stimme zu urteilen, glaubte ich schon, alles sei verloren. Doch nach kurzer Zeit kamen sie gemeinsam zurück, und der Wagen raste so schnell wie nur möglich ins Dorf.

Zu Hause erwarteten uns meine verzweifelten Eltern – du warst nicht wiederzuerkennen: hilflos bewegtest du die Lippen, im Fieber phantasierend, stöhnend, vor Schmerzen zusammengekrümmt. Du musstest umgehend operiert werden – der Chirurg bereitete seine Instrumente vor. Georg legte saubere Laken auf unseren Tisch, der Doktor gab ihm Anweisungen, wie man ihm helfen solle und was zu tun sei. Sie betäubten dich mit irgendwas und verlangten, dass wir hinausgingen.

Die Nachricht, dass der deutsche Offizier einen Chirurgen aus der Stadt geholt habe und dass sie jetzt in unserem Haus eine Operation durchführten, verbreitete sich augenblicklich im ganzen Dorf. Vor den Fenstern versammelten sich an die zwanzig Gaffer. Die Leute drängten sich zusammen, lärmten, redeten durcheinander, die Weiber tuschelten, leierten im Jammerton: ›Seht euch das an, was da geschieht: ein deutscher Chirurg hilft einem Bauernkindchen.‹

Ungefähr nach einer Stunde, vielleicht etwas später, erschien der grauhaarige Arzt an der Tür, gutmütig und verlegen lächelnd schrie er etwas in die lärmende Menge; man konnte nur ›Alles gut, alles ist gut!‹ heraushören.«

Die Erzählung hatte meine Mutter sichtlich erschöpft. Ich bemerkte, dass es ihr immer schwerer wurde, die Worte zu finden, vor Müdigkeit verlor sie fast den Faden der Erzählung. Sie strengte sich mit allen Kräften an, ihr »Gelöbnis« zu erfüllen. Ich musste zu einer Lüge Zuflucht nehmen und über Unwohlsein und Kopfschmerzen klagen, obwohl ich, ehrlich gesagt, in diesem Augenblick am allerliebsten erfahren hätte, wie es weiterging. Damit einverstanden, das Gespräch auf den nächsten Tag zu verschieben, bemerkte meine Mutter abschließend nur noch:

»Und auf diesem Tisch, meine Liebe, haben die Deutschen dich gerettet! Auf diesem Tisch hast du als kleines Mädchen gelegen.«

ABSÄGEN, IN DREI TEUFELS NAMEN

In jener Nacht fand ich keinen Schlaf, kaum war ich mal eingenickt, wachte ich wieder auf. Ich dachte an den vergangenen Abend, an die Erzählung meiner Mutter. Obwohl ich ihr vorbehaltlos glaubte, konnte ich mich mit dieser Geschichte nicht abfinden. Auch wenn ich es begriff und mir verstandesmäßig klarmachte, dass alles, wovon sie sprach, ein Teil, der verborgene Teil ihrer Vergangenheit war, vielleicht sogar der wichtigste Lebensabschnitt, lehnte mein Bewusstsein ihn vehement ab. Ich war schockiert, ich war nicht einverstanden.

Doch eines leuchtete mir ein: ohne den Tisch würden wir nicht reisen. Mir war es auch gleichgültig, was jetzt geopfert werden musste – unversehens hatte dieses Stück Holz für mich eine möglicherweise noch größere Bedeutung erlangt als für meine Mutter.

Frühmorgens begab ich mich zum Nachbarn, um eine Säge auszuleihen. Aus dem Schlaf gerissen, wunderte Viktor sich über meine Bitte und hätte mich gewiss mit saftigen Flüchen eingedeckt, wie er das sonst zu tun pflegte, wenn ich nicht ein so seltener Gast im Dorf wäre. Unwillig verzog er das Gesicht und fragte, ob ich »auf der Stelle« eine Säge mit einem oder eine mit zwei Griffen brauchte. Eine Präzisierung, die überflüssig war, denn wie sich herausstellte, hatte er weder die eine noch die andere. Beide hatte er ausgeliehen, an wen, konnte er sich in seinem Suff nicht erinnern. »Die geht auch«, knurrend reichte er mir eine verrostete, stumpf gewordene Metallsäge und warf sich wieder auf den Ofen, um weiterzuschlafen.

Während ich unterwegs war, hatte meine Mutter auch das Haus verlassen. Und jetzt brannte ich darauf, die Tischbeine abzusägen, sie unter der Platte festzunageln, um möglichst sofort die Unumstößlichkeit des von mir gefassten Entschlusses wahrzunehmen und zu fühlen. Doch rechtzeitig hielt ich inne: immerhin lagen noch volle vierundzwanzig Stunden vor uns, abends waren die Verwandten eingeladen. Wohin mit den Gästen, wenn kein Tisch mehr im Haus war?

Meine Mutter kam gegen vier Uhr zurück. Da ich die Gefühle erriet, die einen Menschen bewegen, der für immer seine vertraute Umgebung verlässt, bemühte ich mich, sie möglichst nicht zu bedrängen: ich deckte den Tisch besonders festlich, war in Erwartung der Gäste im ganzen Haus geschäftig.

Sie hatte den Arm voller Blumen: Kornblumen, wilde Kamille, Zichorie; in einem geflochtenen Korb Pilze und Beeren in einer Aluminiumkanne. Ihre von Heidelbeeren blaugefärbten Lippen flüsterten begeistert: »Mein Gott, ist es schön im Wald!«

Der Abend wurde ein richtiges Fest. Verwandte, Nachbarn, Freunde – alle brachten etwas zum Essen oder Trinken mit. Jemand spielte Ziehharmonika; Scherzworte und Lachen, fröhliche Erinnerungen an die Jugendjahre – es war wirklich ein herzbewegender Abschied. So einer, den man nicht vergisst, wenn man sich an das Schönste erinnert, das man vor langer Zeit erlebt hat.

Aber ich muss gestehen: In der Tiefe meines Herzens wartete ich auf den Augenblick, in dem die Gäste endlich fortgingen, wir den Tisch abräumen und ich mit meiner Mutter allein sein und sie die Geschichte weitererzählen konnte.

EINE BEMERKENSWERTE PERSON

»Du kamst schnell wieder zu Kräften. Ohne es darauf anzulegen, wurde Georg im Dorf zu einer bemerkenswerten Person. ›He, Georg, gut! Sehr gut! – Anna, sehr gut!‹ Jeder Dorfbewohner, der ihn traf, grüßte und winkte ihm gutmütig lächelnd zu. Einige kamen sogar mit Bitten zu ihm, weil sie dachten, dass ihm jede andere unbedeutende Angelegenheit erst recht kein Kopfzerbrechen machen würde, wenn es ihm schon gelungen war, einen Chirurgen herzubringen. Georg lehnte alle Bitten höflich ab, er sei nur Militäringenieur, die Sache mit dem Chirurgen war ein glücklicher Zufall gewesen. Trotzdem sprachen die Dorfleute noch lange voller Stolz über ihn: Seht ihr, auch wenn er ein Deutscher ist, der gehört zu uns – hat das kleine Mädchen gerettet. Und was meine Eltern anging – die hatten vorher schon nichts gegen ihn gehabt, und darüber hatte ich mich sogar geärgert. Nach der Operation behandelten sie Georg wie einen Verwandten, er gehörte jetzt zur Familie.

Einmal pro Woche brachte Georg aus dem Lazarett Medikamente mit, Esssachen und Süßigkeiten; er kam zum Tee zu uns, wenn er Zeit hatte; er unterhielt sich gern und erzählte, wie es in der Stadt aussah. Und jedes Mal das gleiche Ritual: wie oft hatten wir ihm schon gesagt, dass er kein Fremder ist, dass er nicht im Hauseingang stehen bleiben sollte, er erlaubte sich nicht, ohne Aufforderung das Haus meiner Eltern zu betreten.

Unweigerlich entschuldigte er sich wegen der Störung, als könne er mit seinem ungebetenen Erscheinen in unseren vier Wänden irgendetwas anrichten. Und das alles mit der unverändert bewussten, scheinbar mechanischen deutschen Freundlichkeit und mit einem Gesichtsausdruck, als spiele er auf der Bühne eines Schülertheaters mit: linkisch, aber eifrig bemüht.

Erst jetzt begriff ich, dass sein ewiges Lächeln, diese künstliche Höflichkeit, die ich anfangs einfach für Heuchelei gehalten hatte, ein aufrichtiger und ehrlicher, vermutlich schon in der frühen Kindheit eingeübter Reflex war – er konnte und wusste es einfach nicht anders. Das ist wie ein zu ordentlich gemachtes Bett oder wie die stramme soldatische Haltung vieler Kriegsveteranen im Zivilleben.

Und da ich mich während der gemeinsamen Mahlzeiten bei den Eltern, in meiner Sorge um dich, immer öfter mit ihm unterhielt, ertappte ich mich einmal bei dem Gedanken, dass ich auf Georg wartete. Dass ich in Wirklichkeit nur an ihn dachte, dass seine Blicke mich befangen machten, wenn er neben mit saß, und dass ich es liebte, wenn er mich ansah. Ich wurde neugierig auf sein Leben: woher er kam, wer seine Eltern waren und wie er vor dem Krieg gelebt hatte.

Wenn ich mich ankleidete, überlegte ich, wie er mich – eine einfache weißrussische Frau – wahrnahm, wieso gefiel ich ihm überhaupt? Warum? Wenn er ein paar Tage wegblieb, wurde ich unruhig, hatte ich Sehnsucht nach ihm.

Was soll ich weiter sagen: Es ist schwierig, sich nicht in einen Mann zu verlieben, der so viel für dein Kind getan hat, der dich so zartfühlend und aufmerksam behandelt.

Es ist einfach passiert, dass unter den vielen deutschen Besatzungssoldaten plötzlich ein Mensch war, um den du dir Sorgen machst, auf den du wartest wie auf niemanden jemals zuvor.«

Meine Mutter unterbrach ihre Erzählung. Erschüttert, als sei mir alles neu, sah ich mich in unserer Stube um. Als seien die Wände lebendig geworden. Oh Gott, ich sah es! Das Unglaubliche, von dem meine Mutter erzählte, war hier in meiner Gegenwart geschehen, ich war dabei gewesen, in diesen vier Wänden! Doch als kleines Kind hätte ich das gar nicht verstehen können.

Plötzlich ertrug ich den Gedanken nicht mehr, dass unser Haus bereits verkauft war, dass man es schon bald Balken für Balken zerlegen würde und an seiner Stelle ein neues bauen. Alles um mich herum wird kleingesägt, zu Brennholz zerhackt, um zu guter Letzt an Frosttagen das Zuhause fremder Menschen zu erwärmen.

Daher kamen also die Stimmen, die ich gehört hatte! Stimmen, die mich das ganze Leben hindurch begleiteten! Plötzlich sah ich alles klar vor mir – mein Gott, ich war ja gerade ein Jahr alt, als mein Vater an die Front eingezogen wurde. Wie sollte ich mich an ihn erinnern? Es war ganz klar: nicht an seine Hände erinnerte ich mich so oft, nicht meines Vaters Stimme, nicht sein Lachen hörte ich, wenn ich versuchte, ihn mir vorzustellen. Jener Mann aus meiner Kindheit war Georg von Gotthardt – ein deutscher Offizier, der meine Mutter liebte und mir als Kleinkind das Leben rettete.

Meine Mutter schwieg. Sie war beim Erzählen an einer Grenze angelangt, die sie nicht überschreiten konnte. Ich dagegen wollte jetzt vieles wissen und von ihr erfragen, wie aber anfangen?

Herr du mein Gott ... Meine Mutter hatte im Krieg eine Liebesgeschichte mit einem deutschen Offizier! Es ging gar nicht darum, sich so etwas vorzustellen, es aber ohne Angst und Schrecken auszusprechen war unmöglich.

Da ich nicht zu aufdringlich erscheinen wollte, fragte ich vorsichtig nach den Rosen: welche Bedeutung hatten sie in ihrem Leben? Woher die unerklärliche Anhänglichkeit an diese Blumen, worin bestand das Rätsel, wo war das Geheimnis?

EIN GLAS HONIG

»Was meinst du«, antwortete meine Mutter, »man kann nicht das ganze Leben dasitzen und sich umarmen. Und wie auch? Kaum war uns bewusst geworden, dass wir einander liebten, bestand Georg, voll Sorge um uns, darauf, unser Verhältnis bis zum Kriegsende vor allen absolut geheim zu halten. Das war eine kluge Entscheidung: ich kenne viele, deren Leben später zerstört war, und wer weiß, was mit dir geschehen wäre und was sie mit mir nach dem Abzug der Faschisten gemacht hätten.

Und so hielten wir es – trafen uns nur zu Hause und hinter geschlossenen Gardinen. Gelegentlich sahen wir uns auf der Straße, ich grüßte meinen Mieter und ging weiter, mein Herz klopfte wie verrückt und krampfte sich zusammen. An den Dorfabenden sangen die jungen Mädchen, und die Deutschen kamen, um zuzuhören, Georg selbstverständlich auch. Dann blickte ich verstohlen in seine Richtung, ein Zittern befiel mich, aber ich ließ mir nichts anmerken.

Mein Vater verstand natürlich alles, und meine Mutter ebenso. Ein einziges Mal, abends beim Stricken, legte sie die Nadeln weg und griff nach meiner Hand: ›Du liebe Tochter, ich bitte euch inständig, passt gut auf. Lass niemanden etwas merken.‹

Und das gelang uns.

Und dann, im Winter 42/43, war alles schon so … so absehbar. Obwohl die Deutschen etwas anderes sagten, wussten wir alle, dass sie sich zurückzogen, eine Niederlage nach der anderen einsteckten – überall Wut, Nervosität und angsterfüllte Blicke. Wenn du dann erfährst, dass dein Haus sich vielleicht bald auf der Frontlinie befindet und du für die Rettung deines Eigentums kaum noch etwas tun kannst, kannst du wenigstens noch für dein eigenes Leben und das deines Kindes kämpfen. Du überlegst, spielst alle Varianten durch. Was, wenn es so ist, und wie vorgehen, wenn es anders kommt.

Die Partisanen im Untergrund hatten Kraft geschöpft, Nachrichten von neuen Sabotageakten und Sprengungen verbreiteten sich in der Gegend von Hof zu Hof. Georg verschwand immer häufiger: wochenlang reparierten sie beschädigte Strecken, Brücken und Verkehrswege, die unsere Männer dann wieder sprengten, und das wiederholte sich etliche Male. Mitten im Winter kehrten sie von einem routinemäßigen Auftrag zurück. Vier Kilometer von unserem Dorf entfernt fuhr sein Wagen auf eine Mine. Georg verlor nur kurz das Bewusstsein. Als er zu sich kam, musste er zusehen, wie die Partisanen seine verwundeten Kameraden erschossen, und war überzeugt, dass er jetzt auch an der Reihe war. Doch der Soldat, der auf Georg angelegt hatte, war aus unserem Dorf – er erkannte ihn und hielt inne, sagte zu seinen Genossen, das sei der Faschist, von dem so viel erzählt wurde.

Ein guter Faschist.

Sie ließen Georg frei, schenkten ihm das Leben zum Dank für alles, was er den Dorfleuten Gutes getan hatte, und für deine Rettung.

Ich weiß noch, wie er zurückkam: zu Fuß, blutverschmiert, durchgefroren und unendlich verzweifelt. Natürlich war absolut alles, was damals geschah, schrecklich, doch dieses Ereignis veränderte ihn vollkommen. Dem Tod um Haaresbreite zu entgehen, die Tragödie seiner Kameraden zu überleben, was auch immer sie getan hatten …

Georg war nicht besonders schwer verwundet, man hätte ihn in die Heimat schicken können, in ein Krankenhaus – jeder andere deutsche Soldat träumte davon, nach Deutschland zurückzukehren. Doch zur allgemeinen Verblüffung lehnte er es ab, sagte, in seinem Quartier werde er es wesentlich besser haben, und nach ein paar Tagen wurde er zu uns ins Dorf gebracht. Die Erkältung, eine Quetschung und Wunden machten sich noch ein paar Wochen bemerkbar. Ein offizielles Schreiben aus der Stadt besagte, dass ich den deutschen Patienten pflegen solle; daher nahm niemand an, dass ich es aus eigenem Antrieb tat und dass es zwischen uns irgendeine Verbindung gab. Davon abgesehen … aus dem Dorf kamen viele zu ihm: der eine brachte ein Glas Honig, der andere wünschte ihm einfach gute Besserung.

Doch ich …, für mich war es anders, sein Krankenlager in unserem Haus, jene Wochen … – das war die schönste Zeit, die ich mit einem Mann verbracht habe.«

»In meinem ganzen Leben«, fügte meine Mutter halblaut hinzu.

»Viele, die einmal dem Tod um Haaresbreite entgangen waren, stumpften ab, zogen sich in sich selbst zurück oder wurden zu Säufern, versuchten, die Erinnerung an das durchlebte Drama im Alkohol zu ertränken. So erging es Georg nicht.

Er war entkräftet und blieb ein paar Wochen im Bett. Der Husten quälte ihn, die Quetschung plagte ihn immer noch – sein Kopf schmerzte zum Zerspringen. Doch die Ruhe und Pflege trugen das Ihre bei: die Krankheit ging zurück, und mit der Gesundung schien das in ihm schlummernde Kind zu erwachen.

Durch sein Leiden eine Zeitlang ans Bett gefesselt, hatte Georg die Last der militärischen Pflichten gewissermaßen abgeworfen. Sein Lächeln, jede einzelne Bewegung waren nicht mehr von dem Wunsch bestimmt, einen bestimmten Eindruck zu erwecken oder Erwartungen zu erfüllen, die ihm nicht entsprachen: er war er selbst. Dieser Umbruch hatte sich anscheinend vollzogen, nachdem sein Leben durch einen Schuss in die Brust ein jähes Ende hätte finden sollen. Und von da an erlebte er es als Wunder, als Geschenk, das einzig und allein ihm gehörte.

Natürlich war Georg schon vorher zum Lachen aufgelegt oder traurig gewesen, aber jetzt, da die frühere Selbstdisziplin verschwunden war, beobachtete ich hingerissen die Veränderungen seines Gesichts, in dem sich, wie in einem Spiegel, plötzlich die lebendige Vielfalt der Gefühle und Gemütsbewegungen abbildete. Dank dieser neuen Lebendigkeit seiner Mimik glich er einem schönen halbwüchsigen Jungen aus Künstlerkreisen. Ich sah es, wenn Georg ein scherzhafter Gedanke durchfuhr; ich wusste genau, wann er sich an sein Zuhause erinnerte; ich spürte es sofort, wenn er über uns beide nachdachte.

Mir gefiel, wie seine Augen glänzten. In den Momenten, in denen Georg, eingemummt in die Bettdecken, von zu Hause erzählte, war er ein hinreißend schöner Sonderling. Und merkwürdig ist es ja: er hätte ausgeflogen werden können, hätte die Gelegenheit ergreifen können und nach Hause zurückkehren – wie es andere verwundete Soldaten machten – doch er hatte das abgelehnt …

Vielleicht blieb er auch hier, weil ihm das Deutschland fehlte, von dem er oft erzählte: das Land nämlich, an das er sich erinnerte, als er krank in einem weißrussischen Dorf lag. Und je dramatischer die Lage an der Front wurde, desto stärker leuchteten die Farben, in denen er schilderte, wie wunderschön sein Zuhause war und was alles in Frankfurt auf ihn wartete.

Aus Georgs Erzählungen erfuhr ich, dass seine Familie ein Bauunternehmen besaß: es handelte sich um Fassadengestaltung oder Dachaufbau, vielleicht auch um beides. Wie auch immer: zum ersten Mal hatte Georg den Drang in die Höhe gespürt, als er seinem Vater auf dem Dach eines der hohen Frankfurter Gebäude beim Bauen zur Hand ging. Da er der einzige Sohn war, sollte er einmal die Leitung des Familienunternehmens übernehmen, und sein Vater bemühte sich, ihn zu den Angelegenheiten der Firma heranzuziehen. Aber Georg hatte keine Zeit dafür – ihn lockten nur die Berge. Alles was er brauchte, war ein kleines Auto, ein Zelt, ein Kochgeschirr, etwas Geld und ein Leben, das ihm nicht zu viele Verpflichtungen aufbürdete, damit er sich gemeinsam mit Freunden zu den Berggipfeln in den verschiedenen Gegenden Deutschlands aufmachen konnte.

Einmal sah ich mir die deutschen Landkarten an, die bei ihm auf dem Tisch lagen. Als Georg das bemerkte, erzählte er mir, wie er die Karten vor dem Kriege gelesen hatte. Damals orientierte er sich weniger an Flüssen, Orten und Städten, wie er es nun gezwungen war zu tun, sondern nur an Gebirgen – Felsmassiven, die er schon bezwungen hatte oder von deren Besteigung gemeinsam mit einem guten Freund er träumte.

Bergsteigen war in jenen Jahren keine verbreitete Leidenschaft – es war ein Zeitvertreib von Eigenbrötlern und Verrückten. Ihm gefiel es, dass er sich von den Söhnen anderer reicher Familien unterschied. Dass niemand seine Erfolge sehen konnte außer den engsten Freunden und dass niemand das Ausmaß der Gefährdung und der Zähigkeit zu beurteilen vermochte, die man brauchte, um einen Felsgipfel zu bezwingen – nur deine eigene Leistung zählt, nur deine Grenzen des Erreichbaren.

Immer wieder fragte ich ihn, woher diese mir unverständliche Leidenschaft rührte, aber Georg konnte es nicht erklären. Vielleicht war es der Widerstand gegen all das, was vor dem Krieg dort bei ihnen geschah. Deutschland wurde allmählich vom Wahnsinn ergriffen, und die Felsgipfel bildeten so etwas wie eine Zuflucht vor allem, was ihn abstieß. Er sagte: ›Auf dem Berg spürst du Ruhe und Stärke. Was du hinter dir lässt, zählt nicht: du fasst einen Entschluss, nimmst es mit ihm auf, arbeitest dich hoch, und dann hast du keine Wahl mehr – es gibt nur noch diesen ungeheuren Klotz, an den du gefesselt bist, den du weder lassen noch aufgeben kannst, noch den Anstieg abbrechen.‹«

»Hier, sieh mal«, meine Mutter schob mir eines der linierten Blätter hin, die im Tisch gesteckt hatten. Das brüchige Papier war so weich, als sei es feucht geworden. Unter mehreren Wörtern stand, fein mit Bleistift geschrieben, die russische Bedeutung. Liebevoll lächelnd reichte meine Mutter mir das Blatt:

»Diesen Brief wollte er einem verwundeten Kameraden mit nach Frankfurt geben. Es kam nicht dazu.

›Guten Tag, Schwesterherz!

Gestern habe ich von dir geträumt: es war ein wunderbarer, heiterer Traum. Ich hörte deine Stimme und wachte mit dem Gefühl auf, dass du ganz nahe bei mir bist oder ich dort, wo du dich jetzt gerade befindest. Das ist dermaßen ungewohnt, in der Fremde nicht vom hereindringenden Echo des Geschützlärms oder dem Weckruf zum Dienst aufzuwachen, sondern mit dem fast physischen Empfinden, du seist zu Hause bei einem dir vertrauten Menschen, das sich kaum wiedergeben lässt. In diesem Traum ging das Leben seinen gewohnten Gang, als sei nicht Krieg, nicht diese Kälte und wir nicht in diesem Wahnsinn gefangen.

Herrgott, was gäbe ich nicht dafür, jetzt in Frankfurt zu sein: für die Möglichkeit, durch die Parks und Gärten streifen zu können, den Blumenduft einzuatmen, die Kräuselung des Wassers auf dem Main zu sehen; und dann mit unserem Auto zum Vergnügen herumzufahren. Vor der Metzgerei von Fritz Greff anzuhalten, Rindswürstchen zu kaufen und mit dir zu einem Picknick aufzubrechen …

Ich habe große Sehnsucht nach dir, mein ewig beschäftigtes Schwesterchen! Nach deiner lachlustigen Stimme und danach, wie du mir allen möglichen Unsinn erzählst – ironisch und farbig.

Im Übrigen hat man dich unnötig wegen meiner Krankheit beunruhigt: alles ist überstanden, und ich bin vollkommen gesund. Ich brauchte nur ein paar Tage Ruhe und nutzte eine sich unerwartet bietende Gelegenheit, krank zu spielen, den Dienst zu schwänzen. Insgesamt geht es mir gut, mach dir keine Sorgen. Gerade deswegen schicke ich den Brief durch einen Kameraden, auf dass dieses mein Geständnis nicht den Anlass für eine Dienstbeschwerde bietet.

Ich möchte so gerne auf die Berge. Wieder wie früher die Felsen erklettern.

Oben auf dem Gipfel erscheint einem die Welt ringsum als etwas Gewaltiges und Ewiges. Wie ein Kaleidoskop: sie enthält bezaubernd schöne oder erschreckend hässliche Muster; die Glasstücke werden von der Zeit zerschlagen, und es entstehen neue Anordnungen von Ornamenten und Farben. Diese Muster und Kombinationen gibt es aber nur am Fuße der Berge. Auf dem Gipfel fühlst du dich als Teil eines Größeren; einer erhabenen Idee, die sich in Milliarden Jahren verwirklicht, und alle Fragen nach dem Sinn des Lebens und dem Sinn des gegenwärtigen Geschehens laufen ins Leere. Du bist Zeuge, bist nicht wegzudenkender Teil dieser Idee, die zu erfassen unmöglich ist. Nur dort, auf dem Felsen, fühlst du, wie kurz das Leben und wie ungeheuer schön die Welt ist. ‚Ich bin du, du bist Ich, wo du bist, da bin auch Ich, und Ich bin in allem, und wo immer du es begehrst, ergreifst du Mich, und Mich ergreifend, ergreifst du dich selber …‘

So sind die Berge: doch hier, im Krieg, ist alles kleinteilig und unscharf – qualvoll. Das ‚Du‘ ist anscheinend nur einer der Glassplitter: verblasst, sinnlos, dessen endgütiges

Schicksal es ist, Teilchen des zerschlagenen Kaleidoskops zu werden. Und das ‚Ich'? …

Wenn dieses ‚Es' in allem enthalten ist, was ich hier erleben musste, dann weiß ich nicht mehr, woran ich glauben soll. Früher schien mir, über Felsen einen Gipfel zu erklimmen – das sei auch der Gipfel der Kühnheit und des Wagemuts und das kühnste Unternehmen, das man erleben könne. Aber hier …

Der Dienst ist zwar dem Bergsteigen vergleichbar. Mit einem Unterschied: jedes Mal, wenn wir einen Aufstieg planten, stellten wir uns den Weg, die Höhe, die ungefähre Zeitspanne genau vor, wir hatten Sicherungen und Zeit zu überlegen, ehe wir den nächsten Schritt taten. Im Krieg gibt es das alles nicht. Oft hängt von dir gar nichts ab, und inbrünstig betest du nur darum, dass du am Leben bleibst und nicht vor eine Entscheidung gestellt wirst, die dich dein ganzes Leben verfolgen wird. Im Krieg kletterst du gewissermaßen auf einem Felsen, dessen Ende nicht abzusehen ist, und du kannst weder die Richtung bestimmen noch verstehen, wo oben und unten ist.

Das Leben hängt am seidnen Faden,
Fall ich jetzt, wär's kurz geraten.

Als wer werden wir heimkehren?

Umarme die Eltern fest von mir, der Herr behüte uns alle. Leb wohl, meine geliebte kleine Schwester!

Dein Georg«

DIE GRAUE UNIFORMJACKE, DIE ALTE EICHE

Das mit deutscher Schönschrift bedeckte Blatt Papier aus einem Schulheft, das mir am Tage zuvor auf dem Tisch meines Vaters noch so bedrohlich erschienen war, löste in mir keine unruhige Betäubung mehr aus. Es anzufassen, den Sinn der Zeilen zu erraten glich jetzt mehr der Versenkung in eine bisher von mir abgewandte, verborgene Seite meiner Vergangenheit.

»Hat er Ihnen gesagt, wie er an die Front gekommen ist? Was er über den Krieg dachte, über die Sowjetunion, über uns?«

»In den Krieg ist er von sich aus gegangen« – als meine Mutter das sagte, kniff sie die Augen zusammen. Sie bedeckte ihr Gesicht mit den Händen, als blende sie eine Lampe oder grelles Sonnenlicht. – »Er hätte es lassen können, sagte er, aber … zu Hause gab es Unstimmigkeiten. Der Vater stellte ihn vor die Entscheidung: entweder verzichtet er auf die Bergsteigerei und das Leben eines Müßiggängers, übernimmt Verantwortung für die Firma oder er verliert alles, auch sein Erbe. Als nun ein Freund eingezogen wurde, folgte Georg ihm sofort nach und meldete sich als Freiwilliger. Der Vater war wütend, enterbte ihn aber nicht.«

»Was hielt er von uns?«

Ehe sie fortfuhr, dachte meine Mutter eine Weile nach und sagte dann kaum hörbar: »Im Dorf hatten wir nicht einmal Strom. In einigen Bauernhäusern drängten sich bis zu elf Esser: hungrige Kinder, das Dach verfault, überall Küchenschaben, kein Mann im Haus – schlimme Armut.« Sie machte eine Handbewegung, als wolle sie eine Erinnerung verscheuchen, und fuhr mit einem zerstreuten, bitteren Lächeln fort: »Die glänzenden Knöpfe mit dem Hakenkreuz auf der grauen Jacke … Die Uniform saß ihm wie angegossen, sie stand ihm so gut zu Gesicht – er sah darin unglaublich gut aus, aber … zugleich fremd und hochmütig – einschüchternd. Nein, nein, viele Soldaten waren gar nicht so überheblich, wie behauptet wird, und den meisten gefiel unser einfaches Leben. Den Deutschen kam es vor, als seien sie in ein Museum geraten und lebten plötzlich wie früher, in einem vergangenen Jahrhundert, bei Kerzenlicht: die kleinen Holzhäuser mit den Strohdächern, die gastfreundlichen Weißrussen, die einfache Arbeit auf dem Feld. Und was war der Krieg denn überhaupt – für viele die einzige Reise, das großartigste Abenteuer ihres Lebens, so seltsam das heute klingen mag. Und sonst? … Georg sprach nicht gern über Dinge, die mit dem Krieg zusammenhingen. Er sprach überhaupt nicht darüber, weder über unsre noch über die eigene Seite – als seien der Dienst und die Front nur eine Arbeit, die er mit deutscher Pedanterie und Fleiß erledigte.

›Eine ausgewachsene, verzweigte Eiche, der man die Wurzeln abhackt, wird nicht so bald verdorren: der Baum gilbt, schrumpft, lässt sein Laub fallen, doch im nächsten Sommer wird er wieder ausschlagen und ebenso groß wie bisher sein, aber mit kleineren Blättern und winzigen Eicheln. Eine Zeitlang wird er noch leben, aber die eigene Masse nicht mehr aushalten, seine Tage sind gezählt …

Ein anderer Eichbaum, dem ein Wahnsinniger die Zweige beschnitten hat, wird sich bestimmt wieder erholen und stärker werden als vorher‹, sagte Georg, wenn ich ihn fragte, was er von diesem Krieg hält.«

ALLES GUTE, PIERRE

»Doch die Flamme des Kriegs entfacht ein eigener Wind. Und was immer du tust, alles geht im großen Strom der Ereignisse und Katastrophen unter. Kann man, mitten in der Strömung, die Richtung ändern, ihren Sinn erkennen? Ist es dem Menschen überhaupt gegeben, für das vermeintliche Recht auf ein eigenes Schicksal, für die Möglichkeit der Liebe zu kämpfen? Oder zerreiben die Mahlsteine dieser Teufelsmühle dich unversehens?

Allein Besessene, von Heldenmut angetrieben, wagen es, diese Tür zu öffnen. Ich war nur imstande, mich zu verbergen, mich wegzustehlen, mich unsichtbar, ungefährlich, harmlos zu machen. Um des eigenen Lebens und um des Kindes willen.

Schon zwei Tage ununterbrochen prasselte der Regen. Er rauschte, durchdrang alles, verschluckte jedes Licht und allen Glanz. Er presste die niedrige Weite zu einer dunstigen, bleigrau wesenlosen Masse zusammen. Schlamm auf den Straßen. Keine Menschenseele.

Nur selten, weit entfernt, tauchte aus dem kalten Nebel schemenhaft eine Gestalt auf. Verschwommene Umrisse traten einen Augenblick aus der Dunkelheit und verschwanden wieder, ließen drückende Leere und Stille zurück.

Ich versuchte, mich zu beschäftigen. Putzte sinnlos die Fenster, wechselte die Gardinen, weißelte den Ofen mit Kalklauge und spülte das saubere Geschirr zum zweiten Mal ab. Und so weiter, bis in die Dunkelheit; angetrieben von dem unerklärlichen Zwang, die Hände zu beschäftigen, lief ich hierhin und dorthin, und schlief erst in der Morgendämmerung ein.

Der leichte Schlaf dauerte nur kurz an. Ich erwachte von einer unerträglichen Traurigkeit. Im Zimmer stand ein fahler, grauer Morgen. Plötzlich fühlte ich mich in den vertrauten vier Wänden wie in der Fremde, verloren, einsam. Und – die Stille … Vielleicht war es gar nicht so totenstill, aber es schien, als sei alles verstummt. Nur das Vorgefühl einer sich langsam nähernden Woge – riesig, unaufhaltsam. Das Bewusstsein, dass von Minute zu Minute unsere Armee endgültig zurückkehrt. Und dass mit ihrem Näherrücken die uns gegebenen Augenblicke vergehen.

Dieses unfassbare Gefühl – Liebe … Innerlich war ich zu allem bereit: zur Flucht mit dem deutschen Heer, zur Verurteilung und zu einem Leben in der Fremde … Aber meine Brüder, mein Vater? Der Gedanke, dass man alles konfiszierte, sie kein Haus mehr hätten, wenn sie zurückkehrten, sie mich verfluchen würden, zerriss mir das Herz. Dieser Schritt, den sie nur als Verrat hätten begreifen können, hätte ihr ganzes Leben verdüstert. Man hätte sie als meine Verwandten an den Pranger gestellt.

Georg konnte natürlich nicht hierbleiben. Auch wenn sie sein Leben verschonten, würden wir niemals die Erlaubnis bekommen, zusammen zu bleiben.

So näherte sich unsere letzte Begegnung. Zu ihrer Sicherheit waren die deutschen Soldaten in die bewachten Kasernen umgezogen – in Privatquartieren zu wohnen war jetzt gefährlich; doch er fuhr immer hin und her, nahm für mich die Gefahr auf sich.

In den letzten Tagen sprachen wir wenig miteinander. Georg sah erschöpft aus, verstört, wohl zum ersten Mal während der ganzen Zeit war er unrasiert, aber immer noch sorgfältig, tadellos gekleidet – immer gleich schön, gleich vertraut. Die durch den Krieg und die Niederlagen zermürbten Faschisten zogen sich zurück. Keiner von diesen Soldaten verstand, woher die Russen ihre Kraft und Tollkühnheit nahmen. Wie brachte die gerade erst geschlagene, feige geflohene sowjetische Armee die Willensanstrengung auf, eine solche Wende herbeizuführen? Der Tod verfolgte die Deutschen überall.

Georg hielt, in einen Packen Zeitungen eingewickelt, sorgfältig mit grauer Plane bedeckt, etwas Unförmiges in den Händen. Er umfasste es so, als ob eine Puppe oder ein Plüschbär darin steckte, und wie immer zögerte er, ins Haus einzutreten. Als ich ihn schließlich bat, nicht wie ein Fremder auf der Schwelle stehen zu bleiben, schien er noch eine Weile zu überlegen, dann stürzte er plötzlich ungestüm in die Küche, nahm einen großen Milchkrug vom Ofen, füllte ihn mit Wasser und stellte ihn hierher, auf den Tisch.

… Ich schäme mich so, ich schäme mich und begreife nicht, warum ich mich damals so herzlos benahm. Denn ich hatte mich nach ihm gesehnt, hatte ihn erwartet, ich dachte nur an ihn, an niemand sonst. Aber wenn er kam, ergriff mich jedes Mal ein Zittern, ein Widerwillen, ja ein heftiger Impuls gegen jede mögliche Berührung. Als sei mir ein Stein im Magen steckengeblieben und habe sich in der Brust festgesetzt, der mir zwar zu atmen, zu leben und zu fühlen erlaubte, aber jeden Augenblick einen unerträglichen Druck verursachte. Je näher die Trennung rückte, desto unerträglicher wurde alles, was zum allerletzten Mal bevorstand: der letzte gemeinsame Tee, das letzte Gespräch, der letzte Blick, die Berührung der Hände …

Ich hatte zum Abendessen etwas für ihn vorbereitet, aber er wollte nichts, sagte, er sei nicht hungrig. Da erst fiel mir auf, dass Georg sehr aufgeregt, anscheinend betrunken war. Er bewegte sich unsicher, ruckartig, und sah mich, anders als sonst, ergriffen und hilflos an. Dann, als sei er plötzlich zu sich gekommen, ließ er sich auf ein Knie nieder, riss das Papier ab, in dem ein Strauß weißer Rosen steckte, hielt ihn mir hin und sagte halblaut mit seinem komischen deutschen Akzent: ›Maria Leonidowna Regolskaja, dich liebe ich mehr als mein Leben! Ich werde dich niemals vergessen!‹

Ich weiß nicht, wo und wie er die Rosen aufgetrieben hatte. Es war ein riesiger Strauß, jede einzelne Blüte makellos. Diese Blumen waren erschreckend schön und fremdartig, als gehörten sie in ein anderes Leben. Das ich nicht kannte, nicht lebte.

Dann ging er fort.

Für immer.«

DER KUSS

»Das Nahen der Front machte sich durch den Geschützlärm bemerkbar, der Tag und Nacht nicht verstummte. Damit die Glasscheiben durch die Detonationen nicht zersplitterten, klebte ich die Fenster mit Papier zu; vor die Zierleisten nagelte ich Latten und Pappe und richtete im Keller ein Schlaflager für die bevorstehenden Angriffe her. Was für ein dummes Frauenzimmer ich war – nur Stroh im Kopf, totale Konfusion ... Wir rechneten mit Angriffen auf das Dorf und waren fast überzeugt, dass es uns dieses Mal schlimm ergehen würde: entweder steckten die Deutschen bei ihrem Rückzug alles in Brand oder wir gerieten unter Artilleriebeschuss. Aber sie fuhren überstürzt ab, das Dorf blieb unversehrt.

Die Geschütze hämmerten, die Einschläge der Geschosse waren immer deutlicher und stärker zu hören. Jede einzelne Glasscheibe in den Fenstern, die Schränke und das Geschirr im Buffet – alles in meinem Haus klirrte und schepperte. Ich wartete ab und hoffte bis zuletzt, dass die Artillerie uns verschonen würde, da die Deutschen ja schon fort waren – wofür sollte man noch Munition an uns verschwenden? Aber weit gefehlt – irgendwo in der Nähe schossen die deutschen Kanonen in kurzen Abständen, unsere Soldaten erwiderten das Feuer, und wir bekamen noch genug ab. Als klar war, dass sie bald hier sein würden, heizte ich den Ofen an und verbrannte die Rosen – Blüte um Blüte. Denn was würden unsere Soldaten denken, wenn sie den üppigen Strauß weißer Rosen hier auf dem Tisch sähen?

Als die Kampfhandlungen so nahe gerückt waren, dass nur noch wenig fehlte – und das ganze Dorf, die Holzhäuser lagen in Trümmern –, begriff ich schlagartig, wie sinnlos alles war: sich im Keller zu verstecken, wäre Selbstmord. Sofort packte ich Lebensmittel und Kleider in einen Rucksack, nahm dich auf den Arm und stürzte, unterm Pfeifen und den Detonationen der Geschosse, ins Moor, um in Vaters Hütte das Ende abzuwarten.

Es krachte noch lange, die Einschläge wollten und wollten nicht verstummen, aber gegen Abend erklangen die Detonationen der Artillerie schon weit weg. Nun konnte ich hoffen, dass die Gefahr an uns vorübergegangen war, obwohl ich mich noch nicht zur Heimkehr entschließen mochte. Im Moor versteckt, warteten wir beide ab, bis die zudringlichen Mückenschwärme uns schließlich davon überzeugten, dass es keinen Grund mehr gab, eine schlaflose Nacht in der feuchten Umgebung zu verbringen. Vorsichtig verließen wir unser Versteck.

Wie in Nebel versunken, eingehüllt in eine Aschenwolke, lag unser liebes Dorf vor uns. Wir haben doch etwas abbekommen, durchfuhr mich ein banger Gedanke. In meiner Phantasie sah ich das schwelende Haus vor mir und überlegte schon, wo wir jetzt ein Nachtlager suchen sollten.

Je näher wir dem Dorf kamen, desto deutlicher und stärker war der Lärm von der nebligen Landstraße zu hören – ein vibrierendes dumpfes Getöse, helles Klirren von Eisen, undeutliche Rufe … Und der Dunst, der alles einhüllte, breitete sich wie ein ebenmäßiges weißes Laken aus, anders als bei einem Brand, wo der Rauch von verschiedenen Stellen hochsteigt.

Erst am Dorfeingang sahen wir, dass an den unbeschädigten Höfen Kolonnen von Kriegsgerät entlangfuhren, die dichte Staubwolken aufwirbelten – unsere Kanonen, Lastwagen voller Soldaten, ein Panzer hinter dem andern. Die Dorfleute waren aus ihren Häusern geströmt, schwenkten Tücher, begrüßten freudig die Kämpfer. Die meisten von ihnen hatten eben noch Deutsche unter ihrem Dach beherbergt und die Sowjetmacht für all ihre ›Wohltaten‹ aus tiefster Seele verflucht – für die Produktionsbrigaden, die Nöte und Hungerzeiten, den Atheismus, das Versprechen, den Bauern Land zu geben, die Vergewaltigung durch die Kollektivierung und den Kommunismus.

Und jetzt – nur fröhliches, strahlendes Lächeln wie auf den Titelseiten der Zeitungen!

Aus den geöffneten Luken der vorüberrollenden Panzer blickten die übermütigen Gesichter junger Russen; auf einigen Gefechtstürmen saßen Infanteriesoldaten – alles junge Burschen, kaum einer von ihnen über zwanzig.

Lastwagen, Kanonen, Motorräder – alle drängte es dorthin, ›nach Berlin‹.

Plötzlich hielt ein Panzer vor der Gartenpforte uns gegenüber – er fuhr am Ende der Kolonne. Der behelmte Kopf eines Panzersoldaten verschwand unverzüglich in der Luke, und der kahlgeschorene Kopf eines etwa achtzehnjährigen Jungen sah heraus. Ab und zu fasste er, kurios fluchend, nach seinem rechten geröteten Auge. Ein hübscher, magerer Bursche mit Augen wie ein schüchterner Jüngling aus guter Familie. Saß da in seinem Panzer, genierte sich, mit mir zu reden.

Dann plötzlich:

›Einen guten Tag, junge Frau!‹

›Guten Tag, Soldat‹, antwortete ich.

›Bitte, geben Sie uns etwas Wasser. Wir haben solchen Durst, unsere Feldflaschen sind leer.‹

Das Auge des jungen Burschen tränte, ich spürte, dass dieses Ungemach ihm heftige Schmerzen bereitete.

›Ich kann nicht mehr fahren‹, er war verstört, sichtbar erschöpft.

›Mir ist ein Staubkorn ins Auge geraten – tut weh, ich kann nicht mehr! Aber die da‹ – er zeigte auf die Haarschöpfe seiner Kameraden im Panzer –, ›Teufel noch mal, die haben keine Ahnung vom Panzerfahren! Sind imstande und überrollen jemanden aus Versehen!‹

Ein Lacksplitter hatte sich im Rand des geschwollenen Augenlids festgesetzt. Ich holte eine Pinzette aus dem Haus und zog ihn vorsichtig heraus. Der Junge wurde unruhig, zitterte wie Espenlaub, seine Hände waren feucht, als habe ihn noch nie ein junges Mädchen angefasst.

›Und du heißt?‹

›Serjoscha.‹

Er wiederholte mit einem Kloß im Hals: ›Serjoscha.‹

Während ich diesen Buben ansah, durchfuhren mich plötzlich Erinnerungen an meine Kindheit, meine Jugendjahre, sah ich meinen geliebten Gatten vor mir … du lieber vertrauter Mensch, wo magst du jetzt liegen? Unbeweint, ungeküsst.

Der Panzerfahrer verabschiedete sich.

›Sei vorsichtig, Serjoscha!‹, rief ich ihm eilig nach. Er war schon fort. Dröhnend fuhren noch ein paar Panzer vorüber. Das metallene Klirren verstummte. Verlassen lag das Dorf da.

Ins Haus zurückgekehrt, warf ich mich auf den Boden und heulte wie ein Schlosshund: ich schrie, schlug zitternd wie ein verwundetes Tier um mich, bis ich den ganzen Schmerz aus mir herausgeweint hatte.

Am nächsten Abend kamen zwei Panzer angefahren. Die Kinder stürzten auf die Straße hinaus – wieder Lärm, unerträgliches Durcheinander. Die Panzer rasselten, die Dieselmotoren heulten, qualmten wie wahnsinnig und verräucherten die Dorfstraße mit ihren Abgasen. Die Geschütztürme schwenkend, fuhren sie hin und her, als wollten ihre Insassen demonstrativ zeigen, wem dieses Gebiet jetzt gehörte. Als sie zu unserem Grundstück kamen, wendeten die bedrohlichen Fahrzeuge geschickt und hielten direkt vor meiner Eingangstreppe. Die Kanonenrohre auf die Fenster gerichtet.

Was hatten sie jetzt vor? Eine maßlose Angst überkam mich: weiß irgendjemand von Georg, hat mich jemand denunziert?

Kurz darauf tauchten aus den Turmluken Soldaten auf. Durchs Hoffenster beobachtete ich, wie sie laut lachten: sie schienen angetrunken zu sein und es sah so aus, als habe einer von ihnen eine Wette gewonnen. Da erkannte ich Sergej unter den Panzersoldaten. Er war etwas aufgeregt und zeigte vor den Kameraden auf mein Haus.

Mein Herz schlug wie verrückt. Sie klopften an die Tür, ich öffnete. Sergej stand vor den anderen, er hielt ein grobmaschiges Einkaufsnetz in der Hand, seine Freunde eine Gitarre, ein Akkordeon und zwei Flachmänner mit medizinischem Spiritus.

›Maria Leonidowna‹, er streckte mir Armeekonserven und Packungen mit Grütze entgegen, ›Sie haben mein Köpfchen gerettet! Deshalb sind wir jetzt gekommen, um Ihnen als gesamtes Kampfkollektiv zu danken, und möchten Ihnen vorschlagen, Ihren ersten Abend ohne die verfluchten Faschisten mit unserer angenehmen Gesellschaft und mit Soldatenliedern verschönern zu lassen. Natürlich nur, wenn Sie nichts dagegen haben.‹

Mir fiel ein Stein vom Herzen. Die kann man nicht fortschicken. Diese halben Kinder, allesamt erst achtzehn, kaum einer zwanzig Jahre alt. Von der Abschlussklasse in einen Schnellkurs für Panzerfahrer, noch kannten sie keine Entbehrungen, noch wussten sie nichts von Rückzug und schweren Kämpfen. Übermütig, wagemutig, Siegesgewissheit im Blick und der Ehrgeiz zu kämpfen, die Feinde bis nach Berlin vor sich her zu treiben! Und diese Gespräche – über die hübschen Telefonistinnen aus dem vierten Bataillon, die Krankenschwestern, auch über die Mütter, die allein zu Hause geblieben waren.

Ich bat die Panzersoldaten an den Tisch, ging Wasser holen. Serjoscha rannte mir nach. Am Brunnen hielt er mich an, nahm mich bei der Hand.

›Als ich Sie gesehen habe, verzeihen Sie, ich … ich … den ganzen Tag danach musste ich … nur an Sie!‹

Wie darauf reagieren, außer mit einem Lächeln?

Alkohol steigert den Mut – er zitterte vor Schüchternheit, machte aber Anstalten, mich zu umarmen.

›Sie sind so … wie meine Mama, nur noch schöner – viel, viel schöner.‹

Ich stieß ihn heftig von mir und verbot ihm in strengem Ton, mir noch einmal so zu kommen. Er wich zurück, ging hinter mir her und dann, an der Gartenpforte: ›Ich weiß alles über Sie – habe Erkundigungen eingezogen!‹

Ich erinnere mich, wie mir Schultern und Brust wieder zu Eis erstarrten – man hat mich verraten.

Er nahm mir behutsam das Schulterjoch ab, stellte beide Eimer aufs Gras: ›Und wir werden uns an diesen Unmenschen rächen für Ihren Serjoscha – ich gebe Ihnen mein Wort als sowjetischer Patriot!‹

Wieder im Haus, kochte ich Kartoffeln, richtete sie mit dem Schmorfleisch aus dem Proviant der Soldaten an, dazu gab es Pfifferlinge und Knoblauch. Worüber wir uns unterhielten, weiß ich wirklich nicht mehr. Alle erzählten irgendwas, schenkten einander aus den Feldflaschen ein. Der verdünnte Spiritus hüllte uns in eine Wolke von Romantik und Wärme. In Friedensträume.

Akkordeon und Gitarre erklangen bis spät in die Nacht. Inzwischen war das Kind todmüde eingeschlafen, in der Stube waren plötzlich ein paar junge Mädchen – ich habe keine Ahnung mehr, wie und woher sie kamen. Sie waren zu dritt: die Krankenschwester Oktjabrina und zwei, die Ljuba hießen. Telefonistinnen. Wieder der Spiritus, und, als kennten wir uns schon tausend Jahre: Lachen, Albernheiten, Tränen, und alles war so harmlos, so unschuldig.

›Maschka, Maschka‹, Oktjabrina brach in Tränen aus und drückte meine Hand, ›wie dumm ich bin, er hat mich schon wieder betrogen!‹

Und kein Wort vom Krieg!

Allmählich wurde ich betrunken. An diesem Abend wollte ich mich anscheinend betrinken. Und als Serjoscha schließlich wieder allen Mut zusammennahm und mich einlud, ihm beim Rauchen Gesellschaft zu leisten, lehnte ich nicht ab. Ich lachte, redete irgendwelchen Unsinn. Bekam ich noch mit, dass er mich wieder küssen wollte? Natürlich.

Er küsste mir die Hände, küsste meine Lippen – stürmisch, täppisch, ungeschickt. Bat um Verzeihung. Ich unterbrach ihn, und auf dem Hof hinterm Haus, auf dem Kartoffelbeet, küsste ich ihn. Als wir zurückkamen, schliefen ein paar schon, zwei, am Ofen, umarmten sich. Sergejs Freund klimperte auf seiner Gitarre, sang ein Liedchen und lächelte, als wisse er, welche Freiheiten wir uns herausgenommen hatten:

Serjoscha hielt's nicht aus und schnappte sich die Mascha,
Schleppte sie ins Sags*, zog sie heftig in'n Saal,
Zwang sie zu unterschreiben, steckte den Zettel ein
Und sagt der schönen Frau, jetzt als ihr Gemahl:

Vergeben Sie mir nur, das war ein bisschen schnell,
Doch lieb ich Sie – mein Herz in Flammen steht,
Sie sind einfach so toll, dass mir der Kragen platzt',
Sie sehen also selbst, wie's solchen Frauen geht.

---

* Standesamt

Und Mascha sagte streng, als er den Abschied nahm,
Faschisten schlage, geh ins ferne Stalingrad,
vertreibe diesen Spuk aus unserm schönen Land,
Nimm Bajonett, Gewehr, Granaten in die Hand.

›Meine Mutter ist Balletttänzerin‹, flüsterte Sergej, ›und meine Schwester Waretschka (ich hab sie sehr lieb) – die tanzt auch und studiert am Konservatorium, Klavier. Sie können sich nicht vorstellen, wie einzigartig die beiden sind. Sie werden Ihnen sehr gefallen, das schwör ich Ihnen, sie sind sehr, sehr lieb. Noch nie, mit niemandem habe ich so etwas wie mit Ihnen … – denken Sie nur nicht, dass ich so jemand bin! Ich meine es wirklich ernst, es ist mir sehr ernst mit Ihnen.‹

Von Sergej erhielt ich vier Briefe. Im letzten teilte er mir mit, dass sein Regiment sich auf eine große Offensive vorbereitet, dass eine wichtige Schlacht bevorsteht. Dass er jede freie Minute an mich denkt. Und er bittet mich, wenn ich keine Briefe mehr erhalte, ihm ein gutes Andenken zu bewahren.

Und dann schrieb er noch, wenn es ihm bestimmt sein solle, sein Leben für die geliebte Heimat hinzugeben, dann werde er es als Patriot tun, mit meinem Namen auf den Lippen.

Ich war vierundzwanzig Jahre alt. Damals hat mich zum letzten Mal ein Mann umarmt.«

IM ANDEREN LEBEN

Wer spürt die Unruhe zerschlagener Herzen? Wer streckt seine Hand aus, wenn ringsum ein Leben nach dem anderen erstickt und das grauenhafte Elend solche Dimensionen erreicht, dass du geblendet verstummst? Wer kann deine Furcht verstehen, für Taten und Gefühle zu haften, an denen nichts Beschämendes war? Wer ist imstande, das Ausmaß der Ohnmacht und der Angst um das Schicksal des eigenen Kindes zu begreifen? Geschlagen zu sein, bespien, gequält, unaufhörlich darum zu beten, dass niemand etwas erfährt oder verrät; sich der schreienden Menge zu unterwerfen, eins zu werden mit ihr, neuen Verheißungen und Regeln zu folgen; nicht zu leben, sondern nur noch aus Furcht zu bestehen, sich allem und jedem anzupassen: »Ja, ja, wir sind begeistert!«, »Oh ja, wir sind einverstanden«, »Wir sind empört! Wir fordern!«, »Wir schaffen das«, »Wir verpflichten uns! Wir übertreffen den Plan!«, »Ja, ja, ja!«, »Tod und Schande über sie!«, »Ruhm und Ehre der Partei, Ruhm dem Werk!«; »Es lebe der große Führer! Es lebe der große Lehrer!«, »Ja, ja, ja!«

Ach, dieser Kommunismus – künftiges Glück der ungeborenen Enkel. Dein Altar ist blutbesudelt, die Säulen sind zerbrochen, die Inschriften getilgt – dein strahlender Glanz erleuchtet Einfältige und Verbrecher, die uns den Weg weisen werden.

Ich wollte wissen, wie sie es ertragen hatte, warum meine Mutter die Einzelheiten aus der Vergangenheit unserer Familie so lange vor mir geheim hielt.

»Was hätte ich dir denn erzählen können?«, gedankenverloren sah sie auf ihre Hände. »Das Leben ändert sich, bricht entzwei und treibt in verschiedene Richtungen. Die eine Hälfte war mit sich selbst im Reinen – war erfüllt von Träumen, von Liebe und hielt trotz aller Schicksalsschläge glückliche Tage bereit. Von all dem blieben nur

Erinnerungen und ein paar Dinge. Und die angstvolle Erwartung, dass eines der Gespenster aus der Vergangenheit plötzlich zurückkehrt.

Solange alles noch gegenwärtig war, warst du unverständig, und später … war später. Wem nützen die alten Geschichten? Besonders diese …

Und im anderen Leben begann der Frieden, die Soldaten kehrten allmählich aus dem Krieg zurück. Und jetzt gab es alles zusammen: Furcht, Ermittlungen, Überprüfung der Personen, die unter der Besatzung hatten leben müssen – viele wurden verhaftet, einige verbannt. Wir beide hatten Glück.«

Sie lächelte bitter.

»Nun ja, manchmal rücke ich den Tisch zur Seite, hole die Fotos heraus, betrachte jedes kleine Detail, vertiefe mich in jedes einzelne Härchen und habe dabei schreckliche Angst: wenn jetzt jemand hereinkommt, mich zufällig sieht?

Und dann denke ich, wo mag er sein, mein Georg? Ob er noch lebt, sich meiner erinnert? Ich habe Sehnsucht, ich weine, und dann lege ich meine geheimen Schätze wieder unter die Tischplatte.«

Am nächsten Morgen sägte ich die Tischbeine ab und nagelte sie an der Platte fest – damit sie unterwegs nicht stören. Das Stück Sperrholz, das den in eine Zeitung eingewickelten alten Umschlag verborgen hatte, legte ich in einen Koffer. Noch wusste ich nicht, noch konnte ich mir nicht vorstellen, wie wir mit solch einem Trumm reisen sollten – aber zum Teufel auch, irgendwie kommen wir schon hin! Denn eines war mir klar – der Tisch meiner Mutter gehörte in Zukunft in *mein* Leben.

Die betriebsamen Abschiedsbesuche waren vorbei und gleichsam als etwas Unausgesprochenes in den Wänden des Hauses erstarrt, das uns nicht mehr gehörte. Nur wenige kamen, um uns Lebewohl zu sagen: noch einmal Umarmungen, gute Wünsche für die Reise, und niemand achtete auf die Tischplatte, die mit den beiden Koffern im Kasten des Leiterwagens lag.

Anscheinend glaubten sie, dass Jakov sie bekommen soll.

ALSO, MEINE LIEBEN DAMEN

An diesem Werktag war die kleine Bahnstation menschenleer und still. Nur eine Person – ein abgerissener, runzliger Alter mit einem Holzbein – hatte sich vor der brennenden Sonne in den Schatten geflüchtet und schnarchte vor sich hin. Als ich mit Jakov die Tischplatte auf dem Bahnsteig abgelegt hatte, begab ich mich auf die Suche nach dem diensthabenden Stationsvorsteher – ich wollte wissen, wie wir vorschriftsgemäß mit unserer Last verfahren sollen. Doch der winzige Bahnhof war leer, alle Türen geschlossen, und mir blieb nichts übrig, als auf die Gunst und das Wohlwollen des Schicksals zu hoffen.

Die letzten Minuten vor der Ankunft des Zuges dehnten sich ins Unendliche. So ist es ja immer, wenn alles gesagt ist, alle Entscheidungen getroffen sind, wünscht man sich nur noch eins – die Heimreise zu genießen, die ins vertraute Leben mit seinen Alltagssorgen und -mühen führt.

Bald ertönte aus der Ferne, zuerst kaum hörbar, der dumpfe Pfiff der Lokomotive. Von Minute zu Minute wurde das Klopfen der Räder stärker und deutlicher, und als der Lautsprecher auf dem Bahnsteig das Nahen des Zugs ankündigte, tauchte gleichsam aus dem Nichts ein drahtiger Mann mittleren Alters auf, der die Schirmmütze eines Eisenbahners trug. Hoheitsvoll nuschelte er etwas, reagierte nicht auf Fragen und demonstrierte mit seinem ganzen Äußeren die Wichtigkeit seiner Person und die enorme Bedeutung des bevorstehenden Augenblicks.

Unser Zug war schon von Weitem zu sehen. Wie ein Diakon mit goldenem Weihrauchfass verteilte die dunkelstählerne Lokomotive, die sich feierlich näherte, nach allen Seiten scharfriechende Schwaden von dichtem Qualm: auf die Gleise, nach rechts und links und aus dem dicken Schornstein gen Himmel. Diese stählerne Masse schien die Umgebung mit einer Aureole elementarer Stärke und Erhabenheit zu erfüllen. Als weihe sie den Raum um sich herum, stieß sie Rauchwolken aus, durchbrach sie die Trägheit der Provinz mit dem fünfzackigen Stern an der spitzen Vorderfront.

Und je näher dieser Koloss dem Bahnsteig kam, desto rascher verwandelte sich der selbstzufriedene Gesichtsausdruck des Stationsvorstehers in andächtige Demut und eine merkwürdige, ungespielte Unterwürfigkeit, wie sie vielen kleinen Angestellten eigen ist, die sich gelegentlich in unmittelbarer Nähe vorgesetzter Personen aufhalten dürfen.

Schwerfällig schnaufend und mit kreischenden Bremsen blieb der Zug schließlich stehen. Anscheinend vor Kurzem noch in einen Regen geraten, glänzte er wie frisch gewaschen: spiegelnd hell, majestätisch, riesig. Jeden Waggon schmückten in weitausholender Kalligraphie verschlungene Buchstaben, die das Wort »Stolitschnyj Express«

bildeten. Aus den geöffneten Fenstern sahen hundert Augenpaare teilnahmslos auf die schläfrig erstarrten am Bahnhof gelegenen Straßen.

Unser Waggon befand sich an der Zugspitze, und alles, was sich jetzt ereignen sollte, geschah in wenigen Minuten.

Als die Zugschaffnerin uns erblickte, die anscheinend daran gewöhnt war, dass an dieser Station niemand einstieg, war sie sichtlich verärgert. Widerstrebend öffnete sie die festverschlossene Tür, brummelte etwas Unverständliches und bemerkte abfällig, nachdem sie sich vom Vorhandensein unserer Reisedokumente überzeugt hatte: »Bürgerinnen, Sie sind hier nicht in der Stadt – Sie haben rechtzeitig fertig zu sein, zwei Minuten Aufenthalt!«

Als sie sah, dass wir die Tischplatte anpackten und in den Vorraum des Waggons zu heben versuchten, hielt sie plötzlich inne und erhob ihre Stimme zu einem donnernden »So, was ist denn das?! Was haben Sie denn da vor? Wollen Sie etwa in einem Fernschnellzug Möbel transportieren?«

Ich stotterte unartikuliert: Der Tisch ist doch ganz schmal und gar nicht so gigantisch, aber von ungeheurer Bedeutung, das Schuljahr fängt gerade an und wir ziehen um; man muss sich in unsere Lage versetzen, dieser Tisch ist ein überaus kostbares Familienandenken, das wir auf keinen Fall zurücklassen können.

»Sie können ihn nicht dalassen«, erwiderte sie spöttisch, »und ich kann Sie damit nicht in den Zug lassen. Haben Sie überhaupt mal nachgedacht, wo ich dieses Ungetüm im Waggon unterbringen soll? Wollen Sie, dass ich Ihretwegen meine Arbeit verliere?«

Wir standen starr vor Schreck. Trotzdem versuchte ich noch einmal, die Schaffnerin zu überzeugen, doch vergebens.

»Also, meine lieben Damen, Sie halten den Zug auf, wir fahren jetzt ab! Entweder lassen Sie den Tisch hier und steigen ein oder ›bis zum nächsten Mal!‹«, schrie die Schaffnerin im Befehlston. Ohne eine Antwort abzuwarten, gab sie dem Lokführer das Zeichen zur Weiterfahrt, und die Tür fiel zu. Ein langgezogener Pfiff der Lokomotive zeigte an, dass sie sich in Bewegung setzte: Die Wagenkupplungen klirrten, die Bremsen lösten sich und der Zug fuhr an. Aus den Fenstern richtete sich der vorwurfsvolle Blick der Schaffnerin auf uns, und viele neugierige Gesichter sahen uns wie zwei Aussätzigen nach.

Würzige, heiße Luft, getränkt vom Teergeruch der Gleisschwellen. Wir drei auf dem menschenleeren Bahnsteig. Schuldbewusst warf meine Mutter dem verschwindenden Zug einen hilflosen Blick nach und schüttelte kaum merklich den Kopf, sie sah bedrückt, ja verstört aus. Ich hatte auch keine Ahnung, was wir jetzt tun sollten. Onkel Jakov, der planlos hin und her lief, plapperte mal an uns gerichtet, mal mit sich selber: »So ein Missgeschick, was haben die uns da eingebrockt, was soll das? Wo könnt ihr jetzt hin, wohin bring ich euch? Was machen wir jetzt?«

Während er sich selbstzufrieden die Hände an den Hosenbeinen abwischte, als seien sie feucht geworden, kam der Stationsvorsteher mit einem überheblichen Gesicht auf uns zu und ging uns auf die Nerven mit der Frage, wie wir überhaupt darauf verfallen seien, »so etwas als Gepäck mit nach Moskau zu nehmen«! Helfen wollte er natürlich nicht, er wies noch einmal kategorisch darauf hin: Da Gegenstände dieses Umfangs in Personenwagen nicht befördert werden dürften, würde kein einziger Zugschaffner um unseretwillen die Vorschriften übertreten, die für die Eisenbahnen der Sowjetunion gelten.

Der nächste Zug nach Moskau fuhr am andern Morgen, uns blieb also nichts übrig, als den leeren Bahnhof zu verlassen.«

IM STERNENNEBEL

»Wie das Gewimmel von Gedanken und Gefühlen beschreiben, das mir innerhalb kurzer Zeit alle Willenskraft geraubt hatte? Wir hätten voraussehen können, dass so etwas passiert, wir hätten es bedenken und uns darauf vorbereiten müssen, dass wir den Holztisch nicht mitnehmen dürfen. Anscheinend von der Enthüllung meiner Mutter erschüttert, hatte ich die Fähigkeit, eine Situation nüchtern einzuschätzen, vollständig eingebüßt, und jetzt bekamen wir dafür die Quittung.

Unsere sperrige Last irgendwo unterzubringen und ohne sie nach Hause zu fahren, daran war natürlich nicht zu denken, aber was sollten wir jetzt tun? Jakov hatte es eilig und war nervös, wir mussten den Alten nach Hause gehen lassen, und der einzig richtige Entschluss ergab sich in diesem Moment von selbst.

Dreihundert Meter vom Bahnhof entfernt lebte Boris, ein lieber weitläufiger Vetter. Wir hatten uns lange nicht mehr gesehen, und daher beschlossen wir, als Überraschungsgäste kurz vorbeizugehen: wir mussten nun gut überlegen, wie es weitergehen sollte.

Die ganze Familie war gerade beisammen: die drei Töchter, die Schwiegersöhne, die Kinder – an den letzten Tagen der Schulferien das ganze Haus voller Gäste –, alle vergnügten sich im Garten, nur Boris war noch nicht von der Arbeit heimgekommen. Da wir in dem überfüllten

Haus nicht zur Last fallen wollten, waren wir anfangs etwas verlegen, doch die Hausbewohner empfingen uns so ungezwungen und erfreut, dass der unangenehme Vorfall auf dem Bahnhof bald für eine Weile vergessen war.

Wäre ich ein Fotograf oder könnte ich mit einem Fotoapparat umgehen – dann würde ich unbedingt folgende Aufnahme machen: die glücklichen Boris und Jelena, umringt von ihren Töchtern, den Schwiegersöhnen und den Enkelinnen, im Hintergrund ihre Haustiere, zwei weiße Katzen, und alle sitzen an einem riesigen Tisch. Auf dem Tisch der glänzende Samowar mit den Prägestempeln, in dessen blankgeputzten Seiten sich die Gesichter spiegeln, an einer Schnur aufgereiht Zuckerkringel, Weintrauben in einer Porzellanschale, daneben Konfitüre und Honig.

Boris' Töchter sind schön, eine schöner als die andere, und die rotwangigen Enkelinnen mit ihrem weißblond schimmernden Haar gleichen Engeln mit kristallklaren Augen von unendlicher Tiefe, als kämen sie von fernen Planeten oder aus einem Sternennebel. Und ihre Gesichter strahlend hell, bezaubernd leuchtend – wie Porträtbilder der größten Künstler unserer Welt.

DASSELBE BLUT

Früher als erwartet kam Boris von der Arbeit nach Hause, die Familie hatte ihn von unserem Besuch benachrichtigt. Er strahlte gutmütig, freute sich, uns zu sehen. Als er dann den Grund unseres unfreiwilligen Aufenthalts erfuhr, war er etwas verblüfft. Als einfühlsamer Mensch wusste er nicht, von welcher Seite er das Problem anpacken sollte, um wenigstens irgendwie zu helfen. Doch da ich Boris nicht mit zusätzlichen Sorgen belasten wollte, sagte ich, was mir gerade durch den Kopf ging: für die erste Zeit könnten wir einen Handwagen gebrauchen – und dann würde sich schon alles finden.

So sehr wir uns auch bemühten, es zu erklären, keiner begriff, wie wir auf den Gedanken verfallen waren, den Tisch so weit mitzunehmen, warum wir ihn nicht dalassen und mit dem Zug fahren wollten. Das Argument, dass mein Vater ihn getischlert hatte und wir daran hingen, schien nicht schwer genug zu wiegen, wenn man bedachte, was alles mit der Umsetzung dieser Absicht zusammenhing. Als wir spürten, dass sie unser Vorhaben nicht verstehen, verschoben wir das Gespräch auf später.

Nach dem Abendessen stellten die Gastgeber den Samowar auf die Veranda. Die Tannenzapfen im Heizrohr flammten schnell auf und erhitzten das Wasser aus dem Brunnen; der Samowar begann zu summen, zu brodeln, und der behagliche Rauch von Nadelholz durchzog den abendlich duftenden Garten. Kirschschnaps wurde in die Gläschen gegossen, Gebäck, Konfitüre, Gespräche über die Kinder – eine friedliche, wohltuende Geschäftigkeit. Jemand spielte Badminton, und die weißen Federbälle landeten mal auf der Konfitüre, mal im Tee; die kleinen Mädchen übten ein mehrstimmiges romantisches Lied. Uns war plötzlich so friedlich zumute, dass wir sogar das absurde Missgeschick an der Bahnstation vergaßen. Mit geröteten Augen sah meine Mutter Boris an; sie lächelte fröhlich, wie man sich über einen besonders nahen, vertrauten Menschen freut, sie wirkte versöhnt und unendlich glücklich. Jelena umarmend, meinte sie, dass Boris ihrem Vater ungemein ähnlich sieht – er lächelt genau so, er hat die gleichen Haare, Schultern, Nase, und sogar die Fältchen in den Augenwinkeln ... Nachdenklich sagte sie: »Mein Vater hat am Tag mindestens zwei Eimer leer getrunken – am allerliebsten Tee.« Dann erzählte sie, dass meine Großmutter immer Kräuter für ihn trocknete: Weidenröschen, Minze, Heckenrosen- und Himbeerblätter.

Boris seinerseits berichtete, dass unsere Großväter im selben Sommer Hochzeit gefeiert hatten, er zeigte Fotos und den Gehrock seines Vaters. Auch die Samoware – der seines Vaters und der meines Großvaters – waren Hochzeitsgeschenke unserer Urgroßmutter, wie sich herausstellte.

»Ja, ja«, sagte meine Mutter bestätigend, »Pawel Antonowitsch war ein wunderbarer Erzähler. Ich war immer wieder überrascht, wie so etwas möglich ist: zwei Brüder, eigentlich dasselbe Blut – und dermaßen unterschiedliche Charaktere. Wenn dein Vater zum Beispiel etwas erzählt, dann bricht es einem entweder das Herz, so ergreifend und gewählt drückt er sich aus, oder man kann sich vor Lachen nicht mehr halten. Dagegen war mein geliebter Papa ein großer Schweiger, an manchen Tagen konnte man ihm kein Wort zu viel entlocken: nur, was im Haus erledigt werden soll, oder er fragt, ob alles in Ordnung ist. Aber kein einziges Scherzwort, nicht mal eine Andeutung, auch keine Ohrfeige zur Strafe. Ein guter Mensch war er, aber wortkarg.«

»Und Sie haben nie erfahren, was aus ihm geworden ist?«, wollte Boris wissen. Meine Mutter zuckte nur die Achseln:

»Er ist spurlos verschwunden, heißt es. Er ist zu den Partisanen gegangen ... und dann verschollen.«

»Wie viele damals nicht aus dem Krieg zurückgekommen sind …«, und als habe er plötzlich eine Eingebung, stand Boris mit einem Ruck auf und ging mit schnellen Schritten zum Schuppen. Er kehrte zurück, in den Händen zwei Räder von einem Fahrrad, gebraucht, an ein paar Stellen rostzerfressen und schwarz geworden.

»Seht sie euch genau an – sind doch gut, nicht? Beides Beutestücke von den Deutschen! Morgen nehme ich sie mit zur Arbeit. Solange Ihr noch nicht wisst, was ihr vorhabt, bastle ich einen kleinen Handwagen – vielleicht könnt Ihr den brauchen. Vielleicht kommt ihr aber auch von eurer Idee ab.«

BORIS UND JELENA

Ehe ich dir verrate, wie wir den Tisch nach Hause geschafft haben, möchte ich dir die an dramatischen Situationen und Wendungen reiche, nicht alltägliche Liebesgeschichte von Boris und Jelena Wladimirowna erzählen. Es ist wohl die rührendste Verbindung, von der ich weiß, in der sich alles zum Guten fügte, als befänden diese beiden sich in der Obhut des Himmels oder Gottes; und falls es ihn gibt, verhöhnt er uns damit, dass er uns in diesem Paar den Inbegriff von Glück und Wohlergehen vor Augen führt.

Anfang der sechziger Jahre kam der liebe Boris auf den Gedanken, nach Moskau zu fahren. Da ihn das ereignislose Leben in der Heimat bedrückte, träumte er seit Langem davon, in der Hauptstadt zu leben: er wollte einfacher ins Theater, ins Museum gehen können, an Meisterschaftsspielen beim Fußball teilnehmen. Ein Freund, der von diesem Wunsch wusste, half ihm, bei einer Maurerbrigade eingestellt zu werden. Boris war von der Arbeit am Bau begeistert: sie errichteten Hochhäuser im Stadtzentrum, bauten mit an der Moskauer Universität. Das neue Leben gefiel Boris ungemein und er nahm sich vor, für immer in Moskau zu bleiben.

Und eines Tages, als er frei hatte und in einem Park spazieren ging, fiel Boris ein schönes junges Mädchen auf. Sie saß allein und notierte etwas in ein Heft, während sie sich aufmerksam mit Notenblättern befasste. Und dieses Mädchen bezauberte Boris auf den ersten Blick so sehr, dass er es nicht fertig brachte weiterzugehen – er setzte sich unweit von ihr auf eine Bank und konnte sich an ihr nicht satt sehen. Sie sofort anzusprechen, dazu fehlte ihm der Mut. Heimlich folgte Boris ihr bis zum Hauseingang. Und dann kam er Tag für Tag nach der Arbeit und wartete im Hof auf sie, er passte sie ab und ging ihr unauffällig nach.

Die Zeit verging. Einmal war Jelena Wladimirowna mit einem Hund im Park unterwegs. Da fasste Boris sich endlich ein Herz, stellte sich vor und gestand ihr wie in der Beichte, dass er Jelena seit jenem Tage, als er sie zum ersten Mal – dort im Park, mit ihrem Notizheft – gesehen hatte, nicht mehr habe vergessen können; jeden Tag warte er auf ihr Kommen, er habe sich ernsthaft verliebt und bitte sie aufrichtig um ihre Freundschaft. Offensichtlich gelang es ihm so gut, Jelena von seiner Zuneigung zu überzeugen, dass sie ihn nicht fortschickte und sich nicht über seine Naivität lustig machte. Sie verabredeten sich, gingen zusammen ins Kino, sie lud ihn ins Theater und zu Konzerten ins Konservatorium ein. Damit begann für den lieben Boris ein vollkommen anderes Leben.

Soweit war an dieser Geschichte nichts Besonderes, nichts Ungewöhnliches, nur dass Jelena aus einer problematischen Familie stammte: Ihr Herr Papa war ein damals bekanntes Mitglied der Akademie der Wissenschaften, ihre Mutter eine Frau aus höheren Kreisen. Sie lebten in einem großen Haus, in dem Moskauer Schauspieler und hochgestellte Persönlichkeiten ihre Wohnungen hatten. Jelena selbst machte eine Ausbildung als Opernsängerin. Sie trat häufig auf, und bei ihrer musikalischen Begabung würde sie bald an den besten Moskauer Theatern Karriere machen.

Beide verliebten sich anscheinend heftig ineinander. Jelena Wladimirowna kam des Öfteren später als gewöhnlich nach Hause, und die Eltern brachten schließlich in Erfahrung, dass ihre einzige Tochter sich mit einem einfachen Tagelöhner, einem Maurer vom Lande, traf.

Es ist unvorstellbar, welche Szenen sie ihr machten. Die gute Mutter und der Vater hatten bereits einen Schwiegersohn in petto – den Sohn von Freunden, Sprössling eines Generals. Mitsamt einer Datscha, einem Auto – Jelena Wladimirownas ganzes Leben war von den Eltern schon festgelegt und geplant, und plötzlich durchkreuzt ein dahergelaufener Hinterwäldler ihre Absichten.

Genau lässt sich gar nicht schildern, welche Androhungen Jelena über sich ergehen lassen musste. Die Eltern machten ihr heftige Vorhaltungen: wer ist das überhaupt, was sollen die Leute von uns denken und wie können wir uns bei den Verwandten mit so einem Schwiegersohn sehen lassen! Wir geben dir nichts mehr, ihr bekommt keine Kopeke von uns, wir lassen dich nicht mehr aus dem Haus, und wenn ihr es doch riskiert, verstoßen wir euch beide!

Ein anderes Mädchen hätte sofort nachgegeben, und sie waren überzeugt, dass ihre Jelena Vernunft annehmen würde. Wer hätte auch geglaubt, dass diese ruhige, brave Tochter sich so etwas herausnimmt?

Anfangs versuchte sie noch, sich mit den Eltern im Guten zu einigen, doch als sie spürte, dass alle Mühe umsonst war, stritt sie sich nicht mehr mit ihnen. Sie widersprach ihnen nicht, hörte sich schweigend ihre Drohungen an. Den Eltern schien es sogar, als sei Jelena einverstanden und habe ihre Absichten mit Boris aufgegeben.

Doch eines Tages ging Jelena nicht ins Konservatorium, sondern erkundigte sich nach bestimmten Adressen und Telefonnummern, ging mit sich zurate, und abends bat sie die Eltern zum Tee zu sich.

Also, lieber Vater, liebe Mutter, sagte sie, ich habe gründlich über alles nachgedacht, was ihr mir gesagt habt. Ich sehe, dass ihr mich liebt, dass ihr mein Bestes wollt, dass ihr mir Wohlstand und einen guten Ehemann in Moskau wünscht. Ich verstehe euch und bin dafür von Herzen dankbar. Nur eines, sagt sie, kann ich nicht begreifen, seit wann ein Werktätiger, ein Bauarbeiter, der Sohn eines im Vaterländischen Krieg gefallenen Helden in unserem wunderbaren Sowjetland nicht der Hand einer Moskauerin würdig sein soll? Was habe ich mir denn zuschulden kommen lassen, dass ihr mir mein Erbe und eure elterliche Liebe zu entziehen androht? Bin ich etwa als Goldkind geboren? Dass ihr auf unsere Liebe nichts gebt, ist euer Recht! Doch dann werde ich mich an die Parteiorganisation bei Ihrer Arbeitsstelle wenden, lieber Herr Papa, und anschließend an die »Prawda« schreiben, um den geehrten Redakteuren etwas von den peinlichen Verirrungen und Klassenvorurteilen in unserer Familie zu erzählen. Dann sollen die Sowjetbürger mir einen Rat geben, ob mein lieber Boris würdig genug ist, mich zur Frau zu nehmen, oder ob eine Professorentochter nur dazu taugt, ein Generalssöhnchen zu heiraten!

Jelena Wladimirownas Eltern fielen fast in Ohnmacht: Sie hätten ihrer Tochter zwar alles Mögliche, aber nicht diese raffinierte Wendung der Dinge zugetraut. Wie schockiert sie waren, lässt sich gar nicht beschreiben! Nur widerstrebend gaben sie am folgenden Tag ihre Einwilligung zur Eheschließung, doch hinter vorgehaltener Hand tuschelten sie natürlich: Jelena wird sich noch an ihre Worte erinnern, irgendwann wird sie es bereuen, dass sie nicht auf die Eltern gehört hat, und dann ist es zu spät.

Ich vergesse nie, wie Boris ins Dorf heimkam, um das Geld, das er jahrelang gespart hatte, für die Hochzeit mitzunehmen: er lief nervös herum, als ginge es ihm nicht gut, er fasste keinen klaren Gedanken, brachte keinen vernünftigen Satz heraus.

Da sieht man's, dachten wir, Boris hat das Dorf verlassen … und was ist in Moskau aus diesem lieben Menschen geworden – er war so ein guter Junge, und jetzt hat er sich zugrunde gerichtet, für nichts und wieder nichts! Sein gutes Geld wirft er für eine verwöhnte Moskauerin zum Fenster hinaus und macht seine Träume, seine Seelenruhe und sich selbst kaputt.

Ich weiß noch, beim Abschied an der Bahnstation umarmte ich ihn und sagte: »Borka, lieber Borja, du armer Tollkopf, was ist aus dir geworden, sieh doch nur, du bist nicht wiederzuerkennen – du hast nicht auf dich aufgepasst!«

Er küsste mich nur auf die Wange und sagte: »Weißt du, Schwesterchen, ich kann nicht anders, ohne sie kann ich nicht leben – sie ist mein einzig Licht, mein Ein und Alles, meine Sonne!«

Niemals werde ich diese Worte vergessen! Wie habe ich nachts geweint und gedacht: da reden wir alle neunmalklug, zerreißen uns seinetwegen das Maul, urteilen über Boris, dabei ist das – die wahre Liebe.

Wer hätte das geglaubt – wie kam er nur darauf? Die Blumen, die Zigeuner, die Freunde ... Du wirst es nicht für möglich halten – sogar Bären schafften sie herbei, wo hatte er in der Hauptstadt die Bären aufgetrieben?! Mit diesem ganzen Tross kam er zu Jelena Wladimirowna ans Fenster, bat um ihre Hand, kniete vor ihr nieder, während sie sangen. Sogar ein paar Fotos hat er zu Hause hängen – irgendein Mitbewohner hat alles von seinem Balkon aus geknipst, und in einer Moskauer Zeitung erschien ein Artikel mit der Schlagzeile: »Ständchen für eine sowjetische Liebe.« Was Borka am Bau verdient hatte, sein ganzes schwer erarbeitetes Geld, gab er für das Orchester und die Zigeuner aus.

Woher dieser innere Überschwang, woher?

Dann wurde die Hochzeit gefeiert. Eine Zeitlang lebten Boris und Jelena bei den Eltern, doch die Beziehungen zwischen ihnen wurden nicht erträglicher – die Eltern deckelten ihn nach Kräften, demütigten ihn, machten ihn lächerlich. Doch Jelena Wladimirowna zieht nur ein liebenswürdiges Gesicht, lässt sich von niemand kränken! Sobald sie ihr Diplom erhalten hatte, kam sie mit Boris in unser Dorf, ohne über die verlockenden Angebote in der Hauptstadt nachzudenken. Sie gab in der Musikschule Gesangsunterricht und hatte großen Erfolg: Ehrenurkunden, Auszeichnungen, sie wurde Direktorin der Musikschule, und Boris nahm eine Stelle als Schlosser an – seitdem sind sie unzertrennlich und glücklich.

EIN WACHSWEICHER KERL

Liebevoll betrachtete Boris die Räder, band sie voneinander los und drehte sie mit unverhohlenem Vergnügen, während er gleichzeitig alle Unebenheiten und die Krümmungen der »Achten« beobachtete. Dabei lächelte er mit einer merkwürdig zufriedenen, bauernschlauen Miene. Die Kinder, die sich müde gespielt hatten, setzten sich an den Tisch, Boris begann zu erzählen:

»Mit diesen Rädern habe ich eine ganze Geschichte erlebt! Als Jugendlicher wäre ich ihretwegen fast draufgegangen. Aber wie war das noch mal …

Im September 41, also ungefähr um dieselbe Jahreszeit, habe ich zum ersten Mal die ›Fritzen‹ gesehen – gemeinsam mit meinem Kinderfreund Ljoschka Perschin. Ich war damals noch ein naives Bürschchen, Ljoschka auch, um die zwölf Jahre alt, vielleicht etwas jünger. Die Deutschen – junge Männer, dem Aussehen nach Mitte zwanzig – fuhren gemächlich auf Fahrrädern, die Maschinengewehre eingehängt. Sie quasselten laut auf ihre Art, lachten geräuschvoll, entdeckten unsern Moorsee, stellten ihre Fahrräder an den Birken ab, und die ganze Gesellschaft – wohl sechs Mann – splitternackt ins Wasser: ihre Kleider, ihre Waffen – alles hatten sie auf dem Gras verstreut.

Jedes Mal, wenn ich an diese Geschichte denke, bekomme ich eine Gänsehaut – was waren wir für hirnlose Kindsköpfe. Und stellt euch vor, diese deutschen Scheißkerle baden da, und wir beobachten sie heimlich aus einem Gebüsch: ist doch interessant zu sehen, was das für Menschen sind, diese Deutschen! Wir hätten nach Hause laufen sollen, wir Dummköpfe, fort aus der Gefahr, doch wir beide waren wie von einem Teufelchen besessen: durch den Wald, durch das Gestrüpp schlichen wir uns ans Ufer, immer näher an den Platz, wo sie ihre Kleidung hingeworfen hatten.

Ich wüsste gar nicht mehr zu sagen, wer von uns darauf kam, aber kurz und gut, während sie sich im Wasser amüsierten, schnappten wir uns ein Fahrrad. Schoben es in den Wald, bedeckten es mit Reisig, damit es niemand finden konnte, und nichts wie weg nach Hause.

Als die Soldaten den Verlust bemerkten, suchten sie natürlich das Fahrrad, dann fuhren sie wütend in das nächste Dorf: gingen durch alle Häuser, fragten, fahndeten auf den Höfen, und als sie nichts fanden, fuhren sie weiter – und wurden nicht mehr gesehen.

Nun gut, das Fahrrad hatten wir geklaut, aber darauf fahren konnten wir beide nicht. Nach den Durchsuchungen trauten wir uns damit auch nicht nach Hause – im Dorf würde man uns verprügeln. Also, was tun?

Wir schleppten die deutsche Beute so weit wie möglich weg und versuchten, darauf zu fahren. Aber die Straße war überall holprig, das Fahrrad für uns zu groß: die Füße reichten nicht bis an die Pedale, wir hatten ja gar keine Erfahrung damit. Als wir die Hoffnung aufgegeben hatten, Rad fahren zu lernen, rollten wir einfach nur einen Hügel hinunter, und auf diese Weise war das Fahrrad nach zwei Tagen völlig hinüber. Die Felgen voller ›Achten‹, der Lenker verbogen – kurzum: Metallschrott. Wir warfen unser Spielzeug ins Wäldchen und vergaßen diesen Streich.

Kurz nach Kriegsende starb Iwan, unser Schmied. Seine Frau ruft mich zu sich, komm einmal bei uns vorbei, Boris, vielleicht kannst du etwas vom Werkzeug meines Mannes brauchen. Und stellt euch vor, ihr Lieben, in

Iwans Schuppen finde ich die beiden verbogenen Räder, aufgehängt an einem Nagel, und noch den deutschen Fahrradrahmen. Das Zeug musste ich doch mitnehmen!

Und jetzt habe ich überlegt, mir ist eine Idee gekommen, was man für euch daraus machen könnte. Mit Gottes Hilfe werden die Räder diesmal für einen guten Zweck gebraucht.«

Spät am Abend waren alle Lieder verklungen. Jelena hatte ihr Akkordeon weggelegt und ging mit den anderen Hausgenossen schlafen, während wir noch lange mit Boris zusammensaßen.

Ich weiß noch, dass ich zu ihm sagte:

»Mein Gott, Borka, was für ein Glückspilz du bist! Ich kann mich über euch alle nicht genug freuen: die Kinder, die Enkel, wie wunderbar sind sie alle! An deiner Stelle würde ein anderer Mann gewiss stöhnen, aber du wirst immer jünger, als ob du mit jedem weiteren Kind in deiner Familie neue Kraft schöpfst.«

Er umarmte mich und sagte nur leise: »Anna, weißt du, warum ich nicht mehr am Bau arbeite? Bitte sag es niemandem: *ich habe Angst bekommen*. Die Angst hat mich allmählich verrückt gemacht – was, wenn mir plötzlich etwas zustößt, etwas auf den Kopf fällt, ich einmal ausrutsche? Die Arbeit ist ja nicht ungefährlich. Was wird aus ihnen ohne mich, wenn ich das alles ruiniere? Du glaubst es nicht, wenn ich meine Lena nur ansehe, überläuft mich noch heute eine Gänsehaut vor Liebe! Ich möchte ihr die Füße küssen, wie am ersten Tag unserer Begegnung!

Wenn ich die Straße überquere – sehe ich viermal in alle Richtungen. Ich gehe jetzt öfter zum Arzt, mache regelmäßig Gymnastik, kalte Wassergüsse, Anna, und dabei bin ich gesund wie ein Stier. Ich habe gar keinen

Grund zu klagen, ich will mir nur meiner gewiss sein, dass alles so richtig ist. Lach mich nicht aus – so bin ich nun. Ein wachsweicher Kerl.«

Am nächsten Abend kam Boris später als sonst nach Hause. Die Beuteräder waren fest an ein schmales, längliches Gefährt, eine Art Handwagen montiert, den er hinter sich herzog. Er war so konstruiert, dass der Tisch sicher darauf lag und beide Koffer darin Platz fanden. Mit zwei Gerüstgurten ließ sich unsere ganze Fracht am Boden befestigen, und an der vorderen Holzstange konnte eine Person bequem den Wagen ziehen.

Boris hoffte noch, dass wir es uns anders überlegen würden, und versuchte, uns alles auszureden; und wer weiß, vielleicht hätten wir uns auch anders entschieden, hätte er uns nicht so schnell und umsichtig geholfen und hätte er nicht dieses Gerät für unsere Fußwanderung konstruiert.

Unsere Gastgeber gaben uns noch ein paarmal zu bedenken, dass wir den Tisch meines Vaters »bis zu einer besseren Gelegenheit« bei ihnen stehen lassen, mit dem nächstmöglichen Zug fahren und uns nicht unnötigen Gefahren aussetzen sollten. Immer wieder zählten sie seufzend alle Hindernisse und Schrecken auf, die uns unterwegs begegnen könnten. Unser Vorhaben erschien ihnen töricht.

Doch wir blieben standhaft und ließen uns von dem einmal gefassten Entschluss nicht mehr abbringen; also blieb uns nichts übrig, als die mitfühlenden und besorgten Blicke zu ertragen.

Bis zum Morgen des folgenden Tages.

DREIFALTIGKEIT

Wie sehr ich mich auch anstrenge, mich an bestimmte Einzelheiten unserer Reise zu erinnern, sie sind wie ausgelöscht, ins Nichts versunken. Ich habe viel über die weißen Flecken auf der Landkarte meines Lebens nachgedacht: in welche Welten entfliehen, wohin verschwinden die Ströme der uns widerfahrenen Ereignisse? Was geschieht mit ihnen, wenn die Erinnerungen – gebrochen durch das Prisma der Wünsche, der Zeit, fremder Meinungen – sich in andere Gewänder hüllen und wir jede Verbindung zur eigenen Vergangenheit verlieren, wenn wir uns in die Weiten der Phantasien und Traumbilder begeben. Was sind diese Träume? Was sind wir?

Von all dem, was uns unterwegs begegnete, blieben nur die bedeutsamsten oder, auf der anderen Seite, kuriose, scheinbar nebensächliche Momente und Ereignisse im Gedächtnis haften. Vom ersten Tag unserer Wanderung an hatte meine Mutter es sich zur Regel gemacht, für die Rast einen schönen Platz auszusuchen. Wie oft überfiel mich Müdigkeit und Hunger, während wir Kilometer um Kilometer auf dieser Suche zurücklegten, am Ende wollte ich mich nur noch auf die Erde fallen lassen, den Füßen Erleichterung verschaffen, in den Himmel schauen und so schnell wie möglich einschlafen. Aber meine Mutter musste, koste es was es wolle, ein besonderes Eckchen ausfindig machen: eine schön gewachsene Eiche auf einer Wiese, eine Böschung an einem Fluss oder See – egal was, Hauptsache, es war ein besonderer Ort und ein erfreulicher Anblick. Manchmal konnte man in der Dämmerung nicht mehr erkennen, ob es ringsum schön war oder nicht, aber wir gingen weiter und suchten und wussten nicht, was.

Tag um Tag überwanden wir also beharrlich ein Stück der unsere Phantasie ängstigenden Entfernung nach Gorkij, in der Morgendämmerung stellten wir den von der Anstrengung immer noch müden Körper wieder auf die Beine, bei Sonnenuntergang legten wir uns erschöpft zum Schlafen nieder. Archaische Vorstellungen aus Büchern und eine Art heiterer Ergebung in mein Schicksal erfüllten mich in den ersten Tagen. Anfangs, so erinnere ich mich, registrierte mein Bewusstsein jedes einzelne Dorf, jede Gegend, wollte jede kleine Brücke festhalten, die wir überquerten. Jetzt liegt das Dorf Wedjorki hinter uns, Gott sei Dank, und da steht ein Wegweiser – zehn Kilometer haben wir schon wieder geschafft. Wie viele Rudni, Dworischtsche, Krasnyje Gorki und Smoljanki unsere Augen registriert hatten, weiß ich nicht mehr zu sagen. Jeder noch so unansehnliche Ort war ein Sieg, eine weitere Münze in der imaginären Spardose unserer Wegstrecke.

Doch nach zwei Wochen (und an diesen Augenblick erinnere ich mich genau) spürte ich plötzlich, dass die Erschöpfung und die unmenschliche Müdigkeit wie von selbst verschwunden waren. Als hätte ein neues Leben begonnen, und unsere unfreiwillige Wanderung erschien mir schon nicht mehr als so drückende Bürde. Während ich die feuchte, schwere Luft von den Feldern einsog, dachte ich bei jedem Atemzug – mit jedem überwundenen Kilometer – immer weniger darüber nach, was mich nach meiner Heimkehr in der Schule erwartet. Die Menschen, die uns unterwegs begegneten, wurden mir gleichgültig, die meisten sahen uns an wie zwei verrückte vagabundierende Zirkusclowns, die einen Handwagen mit einer rätselhaften Tischplatte, Koffern und Plunder hinter sich herschleppen. Heute würde ich uns gern einmal von außen betrachten – übermüdet, mit idiotischen Schirmmützen, schweißverklebt von der Hitze, schritten wir trotzdem kräftig aus, als ob von unserer zielstrebigen Fußreise Wichtiges abhinge.

Die meiste Zeit liefen wir schweigend, doch etwas Neues, das sich mit Worten nicht wiedergeben lässt, band uns eng aneinander. Es bedurfte nur eines kurzen Blicks, um zu entscheiden, ob wir eine Rast brauchten, oder um die Aufmerksamkeit auf vorüberfliegende Vögel zu lenken – wir lernten es, uns wortlos zu verständigen. Manchmal schien es mir (auch wenn es kaum glaubhaft klingt), dass wir beide in Gedanken miteinander plauderten.

Wenn du lange Zeit zu Fuß gehst, stellt sich dein Körper von selbst auf den einzig richtigen Rhythmus ein; er findet sein Maß, und du passt dich ihm an, lässt dich Kilometer um Kilometer in einer seligen Bewusstlosigkeit fast mechanisch führen. Es ist wie eine Meditation – jeder Schritt wird zur gleichmäßigen Bewegung des Rosenkranzes, der durch die Finger gleitet. Einmal unterbrach ich unser Schweigen und bat meine Mutter, noch etwas von Georg zu erzählen und wie sie während des Krieges, abseits der Kämpfe, gelebt hatte. Zweifellos hörte sie meine Bitte, reagierte aber nicht darauf. Ich wusste nicht, sollte ich sie noch einmal fragen oder war meine Frage womöglich unpassend.

Wir gingen noch lange weiter. Die glühend heiße Luft war erfüllt von dem würzigen Duft des Spätsommers, die Sonne versank langsam hinterm Horizont. Rechter Hand in einem Wäldchen zeigte sich die Ruine eines alten Kirchleins, das vor Zeiten auf einer Anhöhe an einem kleinen See errichtet wurde. Die wenigen Kupferplatten auf dem rostigen Skelett der zwiebelförmigen Kuppeln warfen die letzten Strahlen der untergehenden Sonne zurück. Wir bogen von der Landstraße ab, und ein unbefestigter Weg führte uns durch einen vergessenen Friedhof zu einem kleinen Wasserbecken, das dicht von Büschen und Weiden überwuchert war, neben der verlassenen Kirche auf dem Ufer.

Wir betraten das Innere und sahen uns um. Der baufällige Kirchenraum war düster und leer. Ein paar Plastikpuppen, verschiedene Flaschen lagen auf der Schranke vor der Altarwand herum. Ein Teil der Fresken war mit Farben beschmiert, der Putz abgefallen, an den Wänden Schimpfwörter, Namen, eingekratzte Initialen und Daten. Auf dem Altar verkohlte Holzspäne und Kohlestücke von einer Feuerstelle. Die unterste Reihe der Ikonostase fehlte gänzlich, in der oberen Reihe war ein Teil der Bilder durch Steinwürfe zerstört, ein Teil herausgefallen und schwarz geworden. Unter der Kuppel, auf den gusseisernen Geländern des Chors beäugten uns ein paar aufgeplusterte fette Krähen. Die nach ätzendem Vogelkot riechenden Holzbretter des Fußbodens waren an mehreren Stellen aufgeworfen, an anderen vermodert und dann zu Staub zerfallen, nur in der Mitte war der Boden noch stabil. Wir befreiten die alten Holzdielen von trockenem Kot und Kalkbelag, legten Tücher darauf, eine dünne Decke, unter den Kopf Pullover und richteten uns auf die Nachtruhe ein.

Vom See her erklang Plätschern und ein undeutliches gurgelndes Geräusch, das als lauter Widerhall aus der Kuppel zurückkam. Wie Gestalten archaischer Legenden sahen die Abbilder von Gottvater, Gottsohn und dem Heiligen Geist im Nachleuchten des Abendlichts streng auf uns herab: eindringlich, inquisitorisch anklagend, aus einem fernen Leben. Man konnte sich nicht vorstellen, dass dieses Gotteshaus einmal von Menschen erfüllt war und irgendeine Bedeutung besaß.

Meine Mutter hatte eine große Flasche aus dem Handwagen geholt und machte, anstatt ihren Durst zu löschen oder mir etwas zu trinken anzubieten, ein paar Schritte auf den Altar zu. Mit trockenen Lippen sprach sie das Vaterunser, genau das, dann schüttete sie sich den Inhalt der Flasche über den Kopf. Restlos. Und als habe sie soeben erst ihre Erzählung unterbrochen, nass bis auf die Haut, begann sie zu reden.

AVIVA

»Es war ebenso heiß wie heute. Du hattest etwas gegessen, was dir nicht bekommen war: andauernd neue Windeln, den ganzen Tag Tränen, ich wollte nur noch nach draußen. Von deinem Vater hatten wir lange nichts gehört; tagaus, tagein in fieberhafter Unruhe auf Nachrichten zu warten, brachte einen um den Verstand. Du weißt ja, bei uns ist es üblich, laut zu klopfen, wenn man ein Haus betreten will. Gewöhnlich trommelt man ans Fenster oder ruft einfach von draußen: ›Ist jemand zu Hause?‹ und tritt ein, ohne auf Antwort zu warten. Und nun plötzlich ein schüchternes, zaghaftes Klopfen an der Tür – sicher jemand Fremdes.

Ich öffnete: auf der Schwelle stand meine beste Freundin – Aviva. Vom ersten Schuljahr an waren wir unzertrennlich. Ihre Leute nahmen mich wie eine Verwandte auf, und bei uns zu Hause war Ava fast wie meine Schwester. Nach den Abschlussprüfungen sahen wir uns seltener: sie zog mit ihren Eltern nach Mozyr, ich heiratete, wir schrieben uns nicht gerade häufig. Und plötzlich – steht sie vor mir. Ein Kleid aus geblümtem Kattun, ihr Gesicht etwas gerötet, aufgeregt, in der Hand einen kleinen Koffer: ›Maschenka, guten Tag! Wie geht es euch, was macht deine Kleine? Verzeih, dass ich dich ohne Einladung überfallen habe. Kann ich eine Weile bei euch bleiben?‹

So lebten wir jetzt miteinander. In unserem Dorf war es ruhig, im ersten Kriegsjahr war hier noch nichts passiert. Und sie war gern hier … Ava liebte es sehr, sich mit dir abzugeben. Ein hochgewachsenes, dunkelhaariges junges Mädchen: die dichten Locken fielen in Wellen auf ihre kräftigen Schultern – eine Schönheit …«, sagte meine Mutter leise und drehte sich zum Altar um – »als ob ich sie vor mir sehe, hier. Und so groß (sie überragte nämlich die meisten Mädchen und Jungen), aber sie genierte sich deswegen kein bisschen und beugte sich nicht hinab wie andere hochgewachsene Mädchen, sie machte sich gar nichts aus ihrer Schönheit.

Weißt du, worum ich sie beneidete? Sie nahm das Leben einfach hin: sorglos und fröhlich, immer staunend, als sei jeder neue Tag der erste. Eine gewisse Kühnheit, Abenteuerlust gehörte zu ihr. Ich weiß noch, wie sie die Windeln vorbereitete, dich auf diesen Tisch legte, dir Lieder vorsang, dich streichelte und mit deinen kleinen Fußsohlen über ihre Wangen rieb – du freutest dich, ihr lachtet … Damals stillte ich dich noch, und sie sah jedes Mal wie gebannt zu. Mir war das sogar peinlich. Doch du ewig Hungrige stupstest sie sogar, wenn sie dich auf dem Arm hielt, und suchtest mit den Lippen nach den Brustwarzen. Dann lachte Avotschka etwas verlegen und errötete.

Einmal mittags ließ ich Ava mit dir allein und legte mich ein bisschen hin – du hattest nachts schlecht geschlafen. Als ich wach wurde, sah ich … sah ich, wie Ava dich im Arm hält, ihre Bluse geöffnet, und versucht, dir die Brust zu geben. Eine Mädchenbrust duftet nicht nach Milch, du drehst dich weg, greifst wieder nach ihr und gluckst, unzufrieden das Köpfchen hin und her wendend. Sie streichelt deine Haare und flüstert: ›Mein Liebes, mein süßes kleines Mädchen …‹

Gott im Himmel, wie empört ich war! Du kannst es dir nicht vorstellen, wie alles in mir in Aufruhr geriet. Mein erster Impuls war aufzustehen, sie anzuschreien und mit ihr zu schimpfen; ich weiß nicht, was mich davon abhielt … ich brachte es nicht fertig. Als ob mich im letzten Augenblick etwas daran hinderte – ich tat nichts. Und sah heimlich zu, wie du an ihren leeren Brustwarzen zogst …«

Meine Mutter schien den Faden ihrer Erzählung verloren zu haben, sie schwieg, und dann murmelte sie ärgerlich:

»Das wollte ich gar nicht sagen … Und sonst … wir gingen oft miteinander durchs Dorf: zum Teich, oder einfach Beeren sammeln.«

Plötzlich sprach sie stockend, unbeholfen weiter:

»Und da hämmerte jemand an die Tür. Mittags. Es war ein klarer Tag, noch große Hitze. Wir hatten eben Äpfel aufgesammelt, die Körbe ins Haus getragen und … draußen machten sie Krach. Es waren drei … Einer trug die faschistische rote Armbinde, die beiden anderen … die gingen wohl nur mit: ›Na, Maschka, geht's dir gut? Sag mal, hast du viele Juden bei dir im Haus versteckt? Gibt's in deiner Hütte Jidden?‹

Mir verschlug es vor Überraschung und Angst die Sprache. Als ob mir eine scharfe Klinge durch den Leib fuhr. Ava war jeden Sommer bei uns zu Gast, alle wussten, dass sie einen anderen Glauben hat – alle mochten sie gern, und die beiden – wir sind doch in eine Klasse gegangen –, wissen ganz genau, dass bei mir im Haus eine Jüdin ist, sehen mir in die Augen und …

Ich weiß noch, dass bei uns Gerüchte über die ersten Pogrome in der Stadt und über Verhaftungen kursierten, auch über die Vorschrift, ein gelbes Zeichen zu tragen. Die einen freuten sich darüber, anderen war es egal – während des Krieges verdrängst du alles, was dich nicht betrifft, und gehst fremdem Unglück aus dem Weg. Ich hatte es nicht über mich gebracht, Ava zu fragen, was bei ihr zu Hause, in Mozyr, geschah und wie es ihren Eltern ging. Sie selber erzählte mir gar nichts, und ich glaubte … ich meinte, alles ist in Ordnung.

›Hier ist niemand, nur Ava, niemand anders.‹ – ›Aber die interessiert uns ja gerade.‹ Wie sehr ich mich auch bemühte herauszubekommen, was sie an ihr ›interessiert‹, weshalb und wohin sie Ava mitnehmen wollen – alles umsonst. Angeblich gab es neue Anordnungen, wer Juden versteckt, gehört erschossen und sein Eigentum wird konfisziert. Während ich noch mit ihnen herumdebattierte, sie inständig bat, uns in Ruhe zu lassen, versprach, dass meine Freundin sofort das Dorf verlässt und niemand erfährt, dass sie bei mir war, erschien Ava auf der Vortreppe. In ihrem blauen Kattunkleid mit den weißen Streublümchen, den Koffer in der Hand, lächelnd, als drohe ihr keine Gefahr: ›Beruhige dich, Maschka, es geht nur um meine Papiere. Alles ist in Ordnung.‹ Sie umarmte mich innig, küsste mich auf die Lippen, und sie gingen fort.«

Lieber Sohn, weder früher noch später, nie mehr habe ich meine Mutter so weinen sehen. Kein einziges Mal.

»Ich, ich …« – meine Mutter schlug sich an die Brust, während sie sich zum Altar umdrehte – »ich selber, ich habe meine einzige, meine liebste Freundin in die Gaskammer gehen lassen. Ich habe das getan! Und ich lebe, wache jeden Tag damit auf. Verstehst du?« – mit einer fremden, unnatürlich dünnen Stimme brach es aus ihr heraus.

Durch die weitgeöffnete Kirchentür war in der Dunkelheit die Straße zu sehen, auf der hin und wieder das Scheinwerferlicht vorüberfahrender Autos aufleuchtete. Das gleichmäßige Rattern eines Güterzugs erklang immer leiser. Die Nacht brach an. Ununterbrochen schluchzte meine Mutter wie ein hilfloses Kind, das nicht zu weinen versteht und vor seinen eigenen Tränen erschrickt. Ich umarmte sie und schmiegte mich so eng an sie, wie es Kinder tun.

DIE HYPOTHESE

Die Hypothese von der doppelten Seele besagt, dass »sich jede beliebige kompakte Mannigfaltigkeit einer nichtnegativen Teilkrümmung mit zwei Schichten bedecken lässt«.

Tisch, Tisch, Tisch, Tisch, Tisch, Tisch, Tisch, Tisch, Tisch, Tisch, Tisch, Tisch, Tisch, Tisch, Tisch, Tisch, Tisch, Kanaille, Tisch,

Tisch. *Kanaille …*

Nachdem wir eine Woche in glühender Hitze auf staubigen Straßen gewandert waren, gab es ein Unwetter – ein *Unwetter*! Stürmischer Wind, der Himmel wie von einer festen Decke überzogen, und von dort polterte, donnerte es ohne Atempause und goss wie aus Eimern. Es goss wie aus Eimern …

Dort oben schien es lebhaft zuzugehen, kopflos, wahnsinnig: Sturmböen, Blitze und Donnerschläge, dann wieder peitschte der Regen erbarmungslos, schräg von der Seite, als habe er es nur auf uns abgesehen. Doch wir liefen weiter, völlig durchnässt, Blasen an den Füßen: wir marschierten vorwärts, erfüllt von einer trotzigen, animalischen Wut – wir wollten uns nicht unterstellen oder abwarten. Los! … he! Donnere weiter! Zeig, was du kannst – verdammter Himmel!

Und jedes Mal, wenn ich mich, völlig entkräftet, nur noch auf die Erde fallen lassen wollte, flüsterte ich mir unhörbar zu, während ich auf meine Mutter blickte: *Halt durch!* Halt durch – du alte Hexe, du Kanaille – halt durch, du hast alles selbst angezettelt, jammere nicht und halt durch. Weiter, weitergehen, nicht stehen bleiben, weiter!

Obwohl sie jetzt hinkte, hin und wieder tief Atem holte und langsamer ging, ließ meine Mutter weder Unzufriedenheit noch den Wunsch erkennen, vor Sturm und Unwetter Schutz zu suchen. Mein Geschimpfe richtete sich also nur gegen mich selbst.

Überraschend schnell wurde es dunkel. Es war nicht abzusehen, wann wir die nächste Ortschaft erreichen würden und ob wir überhaupt Aussicht hätten, vor Einbruch der Nacht ein trockenes Plätzchen zu finden. Als ich über die Gleise einer Schmalspurbahn stolperte, die unseren Weg kreuzte, blieb ich stehen. Der Eisenbahndamm verlief vor uns zwischen einem Wald und dem freien Feld. Mir schien, als ob rechts von uns die Umrisse eines Bahnwärterhäuschens zu sehen waren, das sich unter die dunklen Bäume duckte. Ich ging los, um einen Blick darauf zu werfen, und sah am Ende des Gleises einen alten Eisenbahnwaggon, der dort offensichtlich als Unterkunft für die Arbeiter stehen geblieben war. Ohne nachzulassen, trommelte der Regen, der Himmel hörte nicht auf, die Luft mit Donnerschlägen zu erschüttern. Wir wollten zuerst unter dem Waggon Schutz suchen, doch eine der Türen gab unseren beharrlichen Versuchen nach und ließ sich öffnen.

Durch die trüben Fensterscheiben wurde der Innenraum von aufflammenden Blitzen erhellt: auf dem Holzfußboden stand ein kleiner Kanonenofen, in dem Feuerholz auf einer zerknüllten Zeitung aufgeschichtet war. Auf einem Tisch lagen Streichhölzer und sogar ein paar Stearinkerzen, daneben Aschenbecher voller Kippen. Nachdem wir den Wagen und die Tischplatte vorm Regen unter dem Waggon in Sicherheit gebracht hatten, trugen wir unsere Sachen hinein und machten es uns im Innern bequem. Die Flammen der angezündeten Zeitung ergriffen das trockene Holz – es loderte sofort auf; nach kurzer Zeit glühten die dünnen Blechwände des Öfchens und gaben ihre Wärme ab. Die trockenen Scheite verbrannten schnell. Doch nirgendwo war ein Holzvorrat zu entdecken, und ich musste noch einmal in den Regen hinaus – in der Finsternis nach brauchbarem Zeug zu suchen.

Die feuchten Zweige, die zuerst nicht Feuer fangen wollten, prasselten, und aus den Ritzen des Ofens entwich

Qualm, der den kleinen Raum ganz erfüllte. Der Ofen rauchte unermüdlich, zischte und versuchte, mit dem feuchten Holz fertigzuwerden. Wir schwiegen übermüdet. In der Hoffnung, dass wenigstens etwas trocknen würde, hängten wir überall, wo nur möglich, unsere Wäsche auf und legten uns schlafen. Sich umzuziehen, war sinnlos, die Wechselkleidung war genauso durchnässt wie das, was wir am Leib trugen.

Wie mühsam es ist, bis auf die Haut nass einzuschlafen ... Das Getrommel des Regens an den dünnen Wänden, die vor Müdigkeit schmerzhaft ziehenden Füße – alles störte, alles hinderte mich am Einschlafen. Kaum hatte ich die Augen geschlossen, fühlte ich mich in Gedanken um viele Jahre zurückversetzt – ein längst der Erinnerung entfallenes Erlebnis tauchte vor mir auf. Ich sah das kleine Klassenzimmer der Schule, in dem ich vor Zeiten Unterricht gehabt hatte: an einem Pult neben der Tafel saß Sophie – die menschenscheue, schwerhörige Tochter des Waldhüters. Keiner von uns wusste, was ihr passiert war. Finster auf die Wand starrend, sprach sie langsam mit einem gläsern ausdruckslosen Blick, der über die niedrige Trennwand hinwegging, einzelne Worte vor sich hin und nahm niemanden wahr. Wie ein Roboter, wie eine mechanische Puppe sagte sie monoton, akkurat, Zahlen in einer fremden Sprache auf: *acht, sieben, fünf, vier, acht, zwo, eins, neun, neun, neun.**

Das war so verwirrend, so schrecklich. Als wir uns am Ausgang zusammendrängten, brachte keiner von uns es über sich, zu ihr zu gehen, sogar die frechsten Bengel

* Im Original deutsch.

verstummten und sahen erschrocken zu dem Mädchen hinüber, das den Verstand verloren hatte.

Während die Älteren sie aus der Klasse führten, plapperte sie weiter die Zahlen; widerstandslos gehorchte sie der Hand, die sie festhielt, ließ aber nichts in ihr Bewusstsein eindringen, das von dieser unerklärlichen Zählerei ganz erfüllt war. Später sah ich sie, schon halb erwachsen, öfter am Fenster ihres Elternhauses stehen, den Blick immer durch die Scheiben auf den Himmel gerichtet. Ihre Lippen flüsterten etwas, und ich ahnte, was es war.

Wieso war das in mir aufgestiegen, warum gerade jetzt? Ich versuchte, die unheimliche Geschichte aus meinem Gedächtnis zu verdrängen, doch die Zahlen hatten sich anscheinend in mir festgesetzt und wollten mich nicht mehr loslassen: *acht, sieben, eins, zwo, fünf, vier, acht, zwo, eins** – wie eine verdrehte Rechnerei in dem grauen nächtlichen Dunst, der vom seltenen Widerschein ferner Blitze zu vibrieren schien. Wer seid ihr? Woher?

Im leeren Zimmer ein Tisch. Kahle, verschwommene, sandfarbene Wände umgeben mich. Rechter Hand ein Fenster, und das strahlende Licht mehrerer Sonnen durchdringt den Raum, die Wände und die Zimmerdecke. Vor dem Tisch ich – ich sitze auf einem Stuhl, allein. Die Tischplatte ist leer, nichts darauf.

Ein Augenblick, und plötzlich sehe ich weder Wände noch Fenster, um mich herum ist nichts mehr – nur der Tisch, dahinter der unendliche Himmel und die Sterne. Unendlicher Himmel und Sterne …

---

* Im Original deutsch.

Als hätte ich das schon tausend Mal getan, nehme ich Wimpern und Augenbrauen ab. Mühelos, leicht: ein Härchen nach dem andern, eine Wimper nach der anderen. Ich ordne sie zu kleinen Häufchen: die hellbraunen, grau durchzogenen Brauen hierhin; und dahin die Wimpern, am Rand, einen Zahn zum andern – eine winzige Reihe, etwas niedriger. Und jetzt ein Wadenbein, Schlüsselbein, Ohrenknöchelchen, ein Nagel nach dem anderen. Das warme Herz in der Hand, die Haare ziehe ich wie eine staubige Perücke vom Kopf, nehme einen Kiefer heraus, die Wirbel lege ich in einer geraden Reihe vor mich auf den Tisch.

Ich bin schwerelos, ich bin Geist, ich bin DEIN Staub: so ist es wunderbar, so ist es sehr gut – so war es und ist es. Unausgesetzt nur der Widerschein der Blitze – im Bruchteil eines Augenblicks. Als ich den letzten Knochen hingelegt habe, sehe ich, wie die flüchtige Materie auf der Tischplatte sich in nichts auflöst, verschwindet. Auch ich löse mich auf.

Ich bin nicht mehr.

Von einem Stöhnen war ich aufgewacht. Eine Zeitlang wusste ich nicht, wo ich war, was mit mir ist; träume ich oder bin ich schon wach? Die unerträglichen Bilder umstanden mich noch.

Meine Mutter warf sich hin und her, ihre Hände schienen vor sich einen Halt zu suchen:

»Mars, bitte, fliege hierher, Mars! Ich flehe dich an, bitte flieg her! Hab keine Angst, Mars, du kannst das, ich weiß es! Mars, Mars, ich bin Venus. Bitte, Mars!«, schrie sie in den raucherfüllten Waggon.

»Mama, was haben Sie? Herrgott, liebe Mama, wie heiß Sie sich anfühlen! Was ist mit diesem Mars, was für eine Venus? Wovon reden Sie? …«

»Ich?«, sagte sie flüsternd, als sie die Augen öffnete. »Ich habe nichts gesagt, weder ›Venus‹ noch ›Mars‹. Das hast du nur geträumt.«

»Mama, Sie müssen sofort ein Aspirin einnehmen!«

DER UNVERHOFFTE RITTER

An manchen Tagen schafften wir eine Strecke von dreißig Kilometern, aber das war äußerst selten – meistens waren es etwa zwanzig. Einmal pro Tag wechselten wir uns ab, einer von uns zog den Wagen, der andre passte auf den Tisch auf. Die sanfte Landschaft veränderte sich unmerklich: Dörfer, Wiesen, Friedhöfe, Wäldchen. In ihrem Wechsel trat eine absehbare Regelmäßigkeit zutage, und bisweilen schien es, als dauere unsere Wanderung schon eine ganze Ewigkeit und werde kein Ende mehr finden.

Meine gemütliche kleine Wohnung am weitläufigen Ufer der Wolga erschien mir unendlich fern und unerreichbar. Etwa so fern wie die verschneite Kamtschatka am Rande des Kontinents, wie der Bajkalsee oder Rom oder zahllose andere Orte, die man nur aus dem Atlas kennt oder von Postkarten, die Freunde von ihren Reisen schicken. Und trotzdem empfand ich den Weg, so merkwürdig das klingen mag, nicht als ermüdend oder als unentrinnbar schicksalhaft, die Furcht, zum Schulanfang zu spät zu kommen, war vergangen; im Gegenteil, eine unbekannte, neue Lebenslust regte sich in mir. Genau damals und, wie ich glaube, zum ersten Mal empfand ich in jeder Zelle meines Körpers, dass ich wirklich existiere und dass dieses hier – mein Leben ist, das normalerweise vergeht, ohne einem Zeit zu lassen, sich umzusehen, es zu erfassen und über wirklich Wichtiges nachzudenken.

Doch plötzlich zerbricht das gewohnte Raster und ich werde gewahr, als sei ich sehend geworden, wie sich vor meinen Augen, dicht wie ein Bienenstock, ein kompakter Raum mit Hunderten von Schicksalen auftut, die miteinander verflochten sind, aber in Zeit und Richtung auseinandergewirbelt werden. Und ich habe Kraft, alles zu sehen, wahrzunehmen, mich in andere hineinzuversetzen, vor all dem zu erschrecken, was zu erkennen mir nicht gegeben ist.

Das Folgende passierte irgendwo in der Gegend von Wjasma. Mitten in einer weiten Ebene, in einiger Entfernung von uns, hielt plötzlich ein Milizauto an. Die Tür der gelben »Minna« öffnete sich und als Erstes kam eine überdimensionale Schuhsohle zum Vorschein, und dann, nach einem Unterschenkel von beträchtlicher Länge, schob sich der riesige Rumpf eines breitschultrigen Milizionärs aus der Fahrerkabine.

Ringsum war die Luft von einem unheimlichen Summen erfüllt: Hochspannungsleitungen, die über unseren Köpfen hingen, knisterten unerträglich. Schon in einer normalen Situation erweckt dieses Geräusch den Wunsch, das Weite zu suchen, und hier mitten auf dem Feld hatte ich plötzlich das Gefühl, dass wir in einer Falle sitzen und uns eine Gefahr droht.

Der Bursche war etwa dreißig Jahre alt (vielleicht auch ein bisschen älter). Weil er seine Dienstmütze herausnehmen wollte, beugte er sich hinunter und verschwand wieder in der Kabine des Fahrzeugs. Er wühlte eine Weile dort herum, richtete sich dann zu seiner exorbitanten Länge auf, warf den weißblonden Schopf zur Seite und stülpte sich mit einer gekonnten Handbewegung die Kopfbedeckung eines Ordnungshüters über.

Der Körperbau des jungen Mannes war sehr ungewöhnlich, das lag nicht einmal an seiner Länge. Seine breiten, oval zulaufenden Hüften saßen unnatürlich hoch auf den langen Beinen und bildeten gleich unterhalb der Brust eine weibliche Taille. Auch wenn er eine Frau gewesen wäre – hätte diese merkwürdige Gestalt gewiss ständig Anlass zu Spötteleien gegeben, und einem Mann stand diese unglückliche Zusammensetzung der Proportionen erst recht nicht. Da er sich ersichtlich ob der eigenen Länge genierte, beugte er sich ein ganzes Stück vor und betonte damit das Missverhältnis der plumpen Gestalt noch mehr.

Die glühende Sonne hinter dem Rücken des riesenhaften Milizionärs tauchte seinen grotesken Umriss in ein bedrohliches Licht. Mitsamt der knallgelben »Minna«, die unter der zermürbend summenden Hochspannungsleitung abgestellt war, erschien dieses Arrangement wenig Vertrauen erweckend. Und wäre die Situation nicht so ernst gewesen, hätte man meinen können, dass wir als Zuschauer in die Probe einer absurden Zirkusnummer geraten waren.

Der Milizionär hatte es nicht eilig. Er suchte in seinen Jackentaschen herum, zog Papirossy heraus, und als er den ersten Zug seitwärts ausgeatmet hatte, ging er mit weit ausholenden Schritten auf uns zu.

»So also …«, als ob er seine Verlegenheit überspielen wolle, sagte er halb scherzhaft, »über Sie werden in dieser Gegend demnächst Liedchen verfasst. Seit einer Woche werde ich mal hier, mal dort mit Fragen gelöchert: Wer sind die beiden, heißt es, wieso gehen sie zu Fuß und wo wollen sie mit ihrer Ladung hin? Und ich weiß nicht, was ich antworten soll ...«

Meine Mutter, die mir bisher alle Reiseangelegenheiten überlassen hatte, ergriff plötzlich die Initiative und fing an, wie eine Bäuerin zu plappern:

»Wir gehen auf Gorkij, guter Mann! Bin selber vom Land, unser Dorf ist bei Polozk. Und meine Tochter, die wohnt in der Stadt. Unser Haus haben wir verkauft, hier, das ist unsere ganze Habe, nichts für ungut – die müssen wir jetzt transportieren!«

Der Milizionär kratzte sich im Nacken. Offensichtlich ergab das Gesagte für ihn keinen Sinn: er sah abwechselnd uns und, sehr unschlüssig, unser lädiertes Gefährt mit der riesigen Holzplatte an. Meine Mutter, die seine plötzliche Verlegenheit bemerkt hatte, fügte hinzu:

»Das sind alles unsere Sachen – unser Eigentum, gehört alles uns.«

»Also, wo wollen Sie hin?«, fragte der Milizionär noch einmal.

»Nach Gorkij, guter Mann! Meine Tochter ist von dort, aus der Stadt, wir laufen zu ihr nach Hause«, antwortete meine Mutter noch einmal.

»Aha, nach Gorkij«, wiederholte er verwirrt. »Wirklich, das Gorkij an der Wolga, ja? Richtig?«

Wir nickten bestätigend. Der Gesichtsausdruck des Milizionärs veränderte sich merklich. Er blickte immer noch auf unseren Tisch, der unterwegs Regengüsse und Sonnenschein abbekommen hatte, ein paar Mal auf die Erde gerutscht war und – zugegeben – zu diesem Zeitpunkt sehr mitgenommen und beschädigt aussah. Sein Argwohn war kaum zu übersehen. Anscheinend überlegte er bei sich, ob er es mit zwei verrückten Alten zu tun hat oder ob wir – im Gegenteil – etwas besonders Kostbares mit uns schleppen.

»Da müsst ihr ja an die tausend Kilometer zu Fuß gehen, bis nach Gorkij?«, murmelte er resigniert. »Zeigen Sie mir mal Ihre Papiere?«

Jetzt hatte ich begriffen, dass das Ganze eine andere Wendung nahm und ich meiner Mutter das Gespräch nicht weiter überlassen sollte: plötzlich fällt es ihm ein, uns festzunehmen, oder er fordert ein Kommando aus der Klapse an – und dann beweise einmal, dass wir »alle Tassen im Schrank« haben. Nach seinem Dienstgrad war der Milizionär, wenn ich mich recht erinnere, Unteroffizier, und Gott hatte ihm einen Namen gegeben, den man nicht mehr vergisst: der Junge hieß Antón Prówowitsch Fójer*.

»Lieber Anton Prowowitsch, verstehen Sie doch: ich bin Lehrerin, die Schule fängt bald an, ich muss eigentlich zum Unterricht da sein, und nun ist Folgendes passiert! Hier, sehen Sie sich das Telegramm an«, und ich reichte ihm eine Postquittung und die beiden Zugfahrkarten.

»Und da, sehen Sie mal, was ich geschrieben habe, das kann man seinem leiblichen Vater doch nicht antun: ›Aufgrund einer schweren Erkrankung meiner Mutter bin ich gezwungen, noch zwei Wochen in Polozk zu bleiben. Ich bitte mir zusätzlichen Urlaub zu gewähren!‹– Die Fahrkarten für den Zug hatten wir schon gekauft – hier, sehen Sie, das Datum! Aber was sollen wir denn tun, wenn die Geschichte mit dem Tisch passiert ist. Die verdammten Zugschaffner haben uns nicht reingelassen, und der Chef des Zuges hat es kategorisch abgelehnt: behauptet, is' verboten, der Transport eines Gegenstandes von

* Russ. ogonj – Feuer, Brand.

diesen Ausmaßen ist unzulässig. Ich will auf der Stelle tot umfallen, Genosse erster Sergeant, aber den Tisch lasse ich nirgendwo stehen! Mein lieber Papa hat den gebaut, und dann ist er in den Krieg und gefallen. Sie wissen doch selbst, was das heißt? Wir haben nichts mehr von unserem Papa, nur noch den Tisch da.

Sie sind auch nicht mehr ganz jung, wenn ich Sie so ansehe – und sicher ist in Ihrer Familie auch jemand im Krieg geblieben? Und den ehren Sie doch? Aber in den Zug kommen wir mit dem Tisch um nichts in der Welt rein. Begreifen Sie doch, Genosse Milizionär: Diesen Tisch können wir nicht stehen lassen. Von meinem Papa besitze ich nichts anderes. Und wenn ich den Tisch nur berühre – ist es, als ob er mich bei der Hand nimmt. Lassen Sie uns doch gehen, halten Sie uns nicht auf, um Christi willen bitte ich Sie, Genosse Milizionär! Wir gehen nur zu Fuß! Wir laufen einfach, nachts schlafen wir im Freien: mal unter einer Birke, mal unter einer Kiefer, gelegentlich auch in einer Scheune. Bei Regenwetter geben gute Menschen uns sogar ein Nachtlager. Kränken Sie uns nicht, ich bitte Sie inständig, versündigen Sie sich nicht an uns, Genosse Milizionär.«

Diesem Wortschwall war der Bursche mit seiner Dienstmütze offensichtlich nicht gewachsen, und von mir hatte ich erst recht nicht solch eine Tirade erwartet. Er schwieg. Irgendwann drang aus seiner Brust so etwas wie ein merkwürdiges, unkontrolliertes Krächzen. Er entfernte sich ein wenig, schaltete sein Funkgerät im Wagen ein.

»Auf Empfang, Nikiforytsch, hier Fojer, ich muss dich eben mal stören. Wie sieht es bei euch aus? Was Neues im Bezirk? Irgendein Vorfall? Du … hör mal zu, Nikiforytsch, ich hab hier was … ziemlich ungewöhnlich. Fährt von euch jemand heute Richtung Wjasma? Kein Auftrag? Vielleicht muss morgen einer zum Bezirk? Ja, ich brauch jemanden! Hier ist also … ich berichte später. Auf jeden Fall, wenn einer von euch dorthin fährt – dann gib mir bitte Bescheid.«

Anton kam zurück.

»Also, wir machen Folgendes«, sagte er nachdenklich. »Ich lasse euch nicht einfach weitergehen. Immerhin leben wir nicht mehr unterm Zaren – tausend Kilometer mit einem Handwagen zu Fuß zu gehen! Außerdem seid ihr keine Zigeuner. Wie war das noch, ihr habt euer Haus verkauft?«

»Ja, verkauft«, nickte meine Mutter bestätigend, »die Bescheinigung haben wir auch – alles ordnungsgemäß! Soll ich sie zeigen?«

»Na gut … Bescheinigung, alles ordnungsgemäß … Und das Geld vom Verkauf, habt ihr das etwa auch bei euch? Und wahrscheinlich auch noch dort versteckt, wo sich niemand rantraut, meint ihr? …«

Meine Mutter sah erst Anton, dann mich verunsichert an, und gab damit zu verstehen, dass seine Vermutung stimmte. Vorwurfsvoll, ein bisschen väterlich, schüttelte Anton den Kopf:

»Sie haben aber wirklich Glück gehabt, meine lieben Bürgerinnen, dass Ihnen nichts passiert ist! Sie wissen ja selber, dass die Menschen sehr unterschiedlich sind. Neulich sind hier drei Rückfällige abgehauen, glauben Sie, dass die Skrupel hätten, Frauen zu überfallen? Wir machen es jetzt so: den Tisch lade ich hinten ins Auto und bringe euch erst mal zu meinem Vater. Den Handwagen verstecken wir hier draußen, auf dem Rückweg hole ich ihn dann. Jeden Tag fahren ein paar Milizautos in Richtung Moskau, die nehmen euch mit in die Hauptstadt, darum kümmere ich mich. Denn so könnt ihr nicht weitermachen, das geht nicht! Wenn euch irgendwas geschieht – reißen mir die Vorgesetzten den Kopf ab.«

Wir versuchten noch zu widersprechen, aber Anton blieb unnachgiebig:

»Nichts zu machen – das ist ein Befehl!«

Wir gaben uns geschlagen, aber der Tisch wollte und wollte nicht in das Milizauto hineingehen. Schließlich setzten wir uns doch in Bewegung, aus einer offenen Tür ragte ein Stück der Familienreliquie heraus, und wir fuhren langsam zu Antons Vater nach Hause.

»Bei meinem Väterchen habt ihr es gut, keine Sorge, er ist ein lieber Kerl – ihr werdet es sehen! Nur manchmal sehr redselig, und wenn er erst anfängt, sein Garn zu spinnen, ist er nicht mehr zu halten. Ihr müsst ihm einfach sagen, dass er ruhig sein soll, dann hört er sofort auf – mein Papa ist nicht schnell beleidigt. Und dann muss ich euch noch warnen – er ist ein übler Schnapsbrenner. Wäre ich nicht bei der Miliz, hätten sie schon lange seine Geräte samt dem Grünzeug konfisziert und ihm eine dicke Geldstrafe aufgebrummt. Aber zumindest brennt er nichts für den Verkauf. Sicher wird er euch was anbieten, lasst euch aber nicht zu sehr in Versuchung führen! Sein ›Aufgesetzter‹, der ist übrigens in Ordnung, reiner als Apothekenschnaps, das schwöre ich euch!«, setzte Anton noch hinzu und grinste zufrieden in seinen roten Schnurrbart.

PROW

Als wir von der Landstraße abbogen, fuhren wir eine Weile an Gärten, Gemüsebeeten, Bauernhäusern und Zäunen entlang. Die Sonne brannte.

Altersgraue Holzhäuser schienen uns verwundert zu mustern und uns nachzuschauen. An einem sanft abfallenden Flussufer sah man in der Ferne Fischerboote liegen, als seien sie dort verstreut worden. Die faulige Luft vom Fluss vermischte sich mit dem herben Aroma der angeheizten Badehütten. Aus ihren Abzugsrohren stiegen feine Rauchschwaden in gleichmäßigen Säulen in die wolkenlose Bläue des heißen Himmels auf.

Nachdem wir das Dorf bis zum äußersten Ende durchfahren hatten, hielt der Wagen an einem kleinen runden Platz. Unser unerbetener Ritter Anton hupte ein paar Mal und sah sich gleichmütig nach allen Seiten um. Kurz darauf erschien aus dem allerletzten Haus ein mittelgroßer Mann mit runzligem Gesicht. Kräftig gebaut und ungemein liebenswürdig. Liebenswürdigkeit ist in unserem Landstrich eine seltene Eigenschaft, und anfangs meinten wir, er sei ein Bekannter unseres Milizionärs oder ein notorischer Störer der öffentlichen Ordnung, der übertrieben devot versucht, sich bei dem Vertreter der Staatsgewalt einzuschmeicheln – derart wenig hatten die Männer miteinander gemein. Und erst als das Onkelchen ehrerbietig flüsternd bei Anton anfragte: »Komm, du bist sicher ausgehungert, lieber Sohn?«, hatten wir begriffen, dass wir an unserem Nachtquartier angekommen waren.

Prows Häuschen stand auf einem weitläufigen Grundstück am Rand eines großen Dorfs, das sich am rechten Ufer eines windungsreichen Flusses hinzog. Es war an den

Hang gebaut, man sah sofort, dass ein origineller Mensch darin lebte. Hinter dem dünnen Lattenzaun wuchsen Apfelbäume, verschiedene Sorten. Eine Eberesche, die sich schon rötete, war so geschickt beschnitten, dass sie mit ihrer kugelförmigen Krone wie ein fremdartiger, in der Natur gar nicht existierender Baum wirkte. Altertümliche Schnitzrahmen mit sonderbaren Tierornamenten und Vögeln verzierten die Fenster. Dicht neben der Eberesche stand ein grellrot angestrichener Waschtisch, an den ein Spiegel angenagelt war. An ebenso roten, etwa zwei Meter hohen Pfählen befand sich ein Turnreck mit einer rostigen Querstange für Klimmzüge, Sitze aus Eichenholz umstanden einen massiven Gartentisch. An viele Einzelheiten kann ich mich nicht mehr erinnern, überall hingen eine Unmenge Hufeisen herum, echte und Attrappen aus Holz.

Diese Ansammlung verschiedenartigster Gegenstände auf dem Grundstück verführte zu der Annahme, dass uns im Haus ein ähnliches Tohuwabohu erwartet, doch im Gegenteil – Prows Häuschen war innen geräumig und ordentlich. Nur die massiven, breiten Spiegel an den Balkenwänden, die den Lichteinfall durch die Fenster reflektierten, überraschten mit ihren Rahmen aus fein gearbeiteten, verschlungenen Schnitzereien. Die luxuriösen Spiegel waren im Querformat aufgehängt, und wir kamen uns vor, als ob wir vor Gemälden stünden. Doch wenn du ihre verblasste, stellenweise aufgeworfene Beschichtung genau betrachtetest, schien aus dem verzerrten dunstigen Staubgrau ein dir ähnlicher Mensch zu blicken. Doch das bist du nicht.

Prow ließ uns eine Weile allein. Er wollte mit Anton auf dem Dach etwas ausbessern, und wir konnten uns in Ruhe in seinen vier Wänden umsehen. Gegenüber der Tür maß eine einfache Wanduhr mit Kuckuck und Gewichten, die Fichtenzapfen glichen, die Sekunden. In der kleinen Küche brummte der alte Kühlschrank, verstummte hin und wieder und vibrierte. Der süßliche träge Duft von frischgemolkener Milch, die Ofenwärme und die monotone Stimme des Sprechers aus dem leise gestellten Radio bildeten in diesem Raum ein in sich geschlossenes Ganzes. Können Klang und Duft eine Einheit bilden? Wahrscheinlich schreibe ich hier Unsinn – das gibt es nicht, doch auf seltsame Weise sind jene Geräusche und Gerüche in meiner Erinnerung in eins verschmolzen.

In Prows Haus gab es weder Bodenläufer noch einen Fernsehapparat. Nur im Schönen Winkel, wo früher Ikonen standen, fiel eine große, perlmuttfarben schimmernde Reproduktion des Feuervogels ins Auge. Ein Strauß halbverwelkter Wiesenblumen mitten auf dem Tisch hatte das Wasser im Einmachglas zu einer trüben Brühe verfärbt. An den Wänden hingen gerahmte Fotografien: ein paar sehr alte, kleinformatige Porträtaufnahmen, anscheinend von Prows Eltern; Kinder- und Schulfotos von seinem Sohn Anton, eine Collage von Zeitungsausschnitten mit den Darstellungen von Pferden aller möglichen Rassen und Farben; auf einer Dreiergruppe von Fotos führt Prow in unterschiedlichen Altersstufen stolzgeschwellt Pferde am Zügel.

Doch eine großformatige Fotografie hob sich besonders von den anderen ab. Sie hing an der Wand zwischen den beiden Fenstern, die auf den Hof hinausgingen. Auf diesem Doppelporträt stand der Hausherr neben einer ungewöhnlich hochgewachsenen, stattlichen Frau mit breitem Gesicht. Die Kleidung der beiden auf dem vergilbten Foto war schwarz nachgemalt und nachlässig mit Anilinfarben retuschiert. Die gutmütigen bäuerlichen Gesichter auf dem Foto trugen eine ihnen im Leben fremde Ernsthaftigkeit zur Schau, und diese rührende, offensichtliche Heuchelei verlieh dem Bild einen besonderen Reiz.

»Meine liebe Hausfrau«, erklärte Prow mit einem kläglichen, etwas überspannten Unterton in der Stimme, als er die Aufmerksamkeit bemerkte, mit der wir das Familienporträt betrachteten. »Den Sohn habe ich allein großgezogen. Sie ist bei der Geburt gestorben, mein Täubchen, Antoninuschka Nikiforowna. Wer hätte ahnen können, dass …«

Prow wollte gerade in seiner Erzählung fortfahren, als sein Sohn eintrat und er verlegen von etwas anderem zu schwatzen begann. Nachdem er uns noch einmal Ratschläge gegeben hatte, teilte Anton uns mit, wann er uns abholen komme, er bat uns, rechtzeitig fertig zu sein, und brach zu seinen Dienstangelegenheiten auf.

Die Banja unseres Gastgebers war noch warm. Prow hatte sie vorsorglich geheizt, und es war ein unbeschreibliches Vergnügen, nach allen Strapazen der Wanderschaft Übermüdung und Dreck von sich abzuwaschen, die Gliederschmerzen auszuschwitzen und sich wieder wie ein Mensch zu fühlen. Im Haus warteten der Samowar und der ungeduldige Gastgeber auf uns, der schon die Aussicht auf das Beisammensein und die Gespräche genoss, doch die Zunge versagte den Dienst, der vom Schwitzbad angenehm erschöpfte Körper verlangte unerbittlich Ruhe und Schlaf. Nachdem wir kurz Tee mit ihm getrunken hatten, verabschiedeten wir uns von dem gastfreundlichen Hausherrn und legten uns zur Ruhe.

SO EIN UNSINN

In der guten Stube gab es keine Spiegel, trotzdem wirkte sie weiträumig, wenn auch etwas düster wegen der schmalen Fenster und der dunklen Balkenwände. Mitten im Zimmer auf dem Boden aus Eichendielen lenkte linker Hand – eine Seite ins Licht der untergehenden Sonne getaucht – ein eisernes Tischchen mit Pedal die Blicke auf sich. Demonstrativ ihr ehrwürdiges Alter zur Schau stellend, einem altertümlichen Denkmal auf einem gusseisernen Sockel ähnlich, erhob sich darauf eine »Singer« aus der Vorkriegszeit. Die Medaillen und Plaketten, mit denen der elegante schwarze Rumpf der Nähmaschine bestückt war, hatten im Lauf der Zeit einen Teil ihrer Vergoldung eingebüßt: sie hatten Patina angesetzt, an manchen Stellen schimmerten sie silbrig; da ihnen jegliche Anerkennung ihrer früheren Verdienste abhandengekommen war, hatten sie allmählich die alte Frakturschrift und die Stempel verloren.

Auf einem Tischchen zur Rechten lag ein Porträt der verstorbenen Gattin in einem hellblauen Plastikrahmen, daneben eine mit Schaumstoff gefüllte, seitlich geneigte Walnussschale, in der Stecknadeln und Nähnadeln in verschiedenen Größen staken. Alles wies darauf hin, dass diese Nähmaschine ein Gegenstand besonderer Pietät für den Hausherrn war. In der Mitte des Zimmers eine einsame Glühbirne an einem Kabel, eine Plastikblume in einer Vase, an der Wand ein Hirtenhorn und eine kleine Truhe; das einzige Bett im Zimmer war nicht für zwei Schläfer gedacht, was uns aber keineswegs störte: während unserer Wanderung hatte die tödliche Erschöpfung ganz andere Örtlichkeiten in ein heiß ersehntes Nachtlager verwandelt.

Als ich unter der Bettdecke lag, hätte ich auf der Stelle einschlafen können, doch meine Mutter wälzte sich andauernd hin und her, stieß mich an, schnaufte, als lasse irgendetwas ihr keine Ruhe. Schließlich stand sie auf, machte das Licht an und sagte, nachdem sie sich neben mir auf die schmale Bettkante gesetzt hatte, mit einem verschwörerisch-verschmitzten Augenzwinkern:

»Weißt du, was ich so denke …, dass unser Anton in der Stadt keine Arbeit kriegt, hat seinen Grund!«

Zuerst kam ich nicht einmal darauf, über welchen Anton sie gerade spricht, und als ich es begriffen hatte, verstand ich nicht, was das jetzt sollte.

»Vielleicht wegen seiner Länge?«, war das Erste, was mir einfiel.

Meine Mutter verzog das Gesicht und dann, als sei sie im Begriff, etwas äußerst Unanständiges zu sagen, wozu sie sich aber nicht entschließen konnte, versetzte sie mir einen Stoß an die Schulter und brach in Lachen aus:

»Ach was, Anna! Im Dorf kennt dich jedes Huhn, aber in der Stadt muss ein Milizionär – hab ich jedenfalls gehört – immer seinen Vor- und Familiennamen sagen. Nu stell dir vor«, und sie machte Antons heisere Baritonstimme nach: »Erster Leutnant der Miliz, Fojer, zeigen Sie Ihre Papiere! Bürger, verhalten Sie sich ruhig, Fojer kümmert sich um Sie!«

Ich war sprachlos vor Überraschung, anfangs konnte ich mich nur ihrem ansteckenden Lachen nicht entziehen, doch als mir plötzlich klar wurde, dass der Nachname des armen Anton Mutters unerklärliche Schlaflosigkeit verursacht hatte, musste ich mich auch vor Lachen ausschütten.

»Fojer hat keine Angst vor dem Schürhaken! Wenden Sie sich mit allen Fragen an Fojer! Fojer wird Ihnen behilflich sein!«, vor überströmendem kindlichen Gelächter konnte sie sich nicht beruhigen.

Wie albern von uns, doch wir beide lachten wie zwei dumme Gänse, verschwörerisch zogen wir die Bettdecke über uns, um das unbezwingliche Lachen zu ersticken. Zwischendurch verstummten wir, bis eine von uns beiden wieder halblaut die nächste Ungereimtheit mit dem Wort »Fojer« aussprach und wir vor Lachen fast platzten.

»Und die Frau, Prows Frau, Antonina«, quietschte meine Mutter, »wurde nur die Feuerhexe genannt, anders geht es gar nicht!«

Auch wenn unser Gelächter nicht boshaft gemeint war, machten wir uns doch über die Menschen lustig, die uns unendlich gut behandelten.

»Herrgott, was ist mit mir los!«, sagte meine Mutter ernüchtert. »Zum Teufel auch! So ein Unsinn! Wie schändlich! Wie hundsgemein von mir«, flüsterte sie, während sie sich die Lachtränen abwischte.

Das Licht wurde gelöscht. Nachdem wir die Übermüdung der letzten Wochen aus uns herausgelacht hatten, schliefen wir erschöpft ein.

VERMUTLICH SPULWÜRMER

Erst am Mittag wachten wir auf. Nur das leise Rascheln der Blätter vorm Fenster und das Brüllen einer Kuh, das hin und wieder aus dem Stall drang, durchbrach die Stille dieses Hauses am Rande des Dorfes. Im Konservenglas auf dem Tisch prangte ein neuer Strauß von eindrucksvoller Größe. Kaum hatte sie die Wiesenblumen entdeckt, war meine Mutter hellwach. Der Hausherr ließ sich nicht blicken, und wir beschlossen, nach seinen Tieren zu sehen.

An den Wänden des geräumigen Stalls standen im Halbdunkel reihenweise Ballonflaschen in unterschiedlichen Größen und Formen auf Regalen, außerdem Behälter, Eimer, Trichter, aufgewickelte Schläuche. Ein berauschender süßlicher Duft nach Beerenmaische, der im Raum neben dem stallüblichen Geruch herrschte, verriet die Bestimmung dieser Gegenstände. Als wir etwas weitergingen, bemerkten wir, dass uns aus einer dunklen Box, die durch eine dünne Trennwand abgeteilt war, ein schöner Rappe anblickte, würdevoll, wie es sich für einen Rassehengst gehört. Seitwärts von ihm stand apathisch eine Kuh, die sehr eigenartig aussah. Dem ruhigen, edlen Pferd sah man die gebührende Pflege und Sorgfalt, die liebevolle Behandlung durch den Hausherrn an, doch die Kuh ... Das Herz blutete einem beim Anblick dieses Tiers – noch nie hatte ich solch ein armseliges, ausgemergeltes Geschöpf gesehen. Die starken Rippen zeichneten sich wellenförmig auf dem räudigen, mageren Rumpf ab. Es schien, als könne die Kuh sich kaum auf den Beinen halten und drohe sogleich unter dem Gewicht des riesigen, unfassbar voluminösen Euters zusammenzubrechen. Wir sahen uns entsetzt an.

Aus einem kleinen Schuppen hinten auf dem Hof, der Prow als Werkstatt diente, erklangen Hammerschläge auf Eisen. Er befestigte irgendetwas an unseren Rädern, reparierte den Handwagen.

»Habt ihr meine arme Kuh gesehen?«, erkundigte sich unser Gastgeber mit weinerlicher Stimme, als er uns aus dem Stall kommen sah. »Sie hat schon vor einer Weile gekalbt, aber jedes Mal macht sie mir dieses Theater! Ich verstehe nicht, was ihr fehlt, vielleicht hat sie Spulwürmer? Sie bekommt genauso viel Futter wie die anderen, aber ich scheue mich, sie auch nur auf die Straße zu lassen. Was sollen die Leute von mir denken? Ich habe schon zwei Mal den Tierarzt geholt – alles umsonst. Ihr den Garaus zu machen, bring ich aber nicht über mich.«

Prow machte uns darauf aufmerksam, dass unsere Räder große Klasse seien; um ihm ein klein wenig für seine Sorgfalt zu danken und das Gespräch fortzusetzen, erzählte ich ihm die Geschichte von dem Schmied, von dessen Werkzeugen und dem Fahrrad, das Boris als kleiner Junge vor langer Zeit den Deutschen gestohlen hatte. Auf diese Erzählung reagierte Prow ganz betroffen. Ich wartete darauf, dass er irgendetwas erwidert oder die Geschichte ihn belustigt, stattdessen lächelte Prow bitter, versank in Nachdenken und beschäftigte sich weiter mit unseren Rädern, ehe er sagte:

»Ich musste nach dem Krieg die Äxte und Sägen verkaufen. Die Werkzeuge tauschte ich bei einem Zimmermann für allen möglichen Kram ein. Meine liebe Mutter schimpfte, verstand mich nicht … Später habe ich dann neue angeschafft.«

Prow hämmerte auf unseren Rädern herum, nietete etwas zusammen, setzte sie auf eine Metallachse, offensichtlich verspürte er nicht mehr den Wunsch, mit uns zu reden. Ein wenig später kam Anton, sprach ab und zu in sein Funkgerät, und ein paar Mal dachten wir, dass uns jetzt jemand mitnimmt und wir unsere Reise fortsetzen, doch jedes Mal wurde, unklar weshalb, alles abgesagt. Schließlich erfuhren wir, dass ein Wagen uns ganze siebzig Kilometer in Richtung Moskau mitnehmen kann, aber erst am nächsten Morgen in aller Frühe.

Daher blieben wir noch eine Nacht Prows Gäste.

STOFFWECHSEL

Was wie die Reproduktion eines Märchenvogels aussah, verbarg ein spezielles Geheimfach – eine kunstvoll kaschierte Minibar mit allerreinstem Selbstgebrannten, mit Fruchtschnäpsen aller Art, die der Besitzer jeweils, warum auch immer, »Aufgesetzter« nannte. Hinter dem Rücken des Zaubervogels waren auf zwei Regalen Glasflaschen in unterschiedlichen Farben und Größen aufgestellt. Auf einigen klebten Etiketten oder hingen Bändchen mit Aufschriften. Alles wies darauf hin, dass der Eigentümer dieser Sammlung nicht nur ein gewissenhafter Mensch war, sondern dass ihm auch ein eigenwilliger Schönheitssinn nicht fehlte.

»Denkt bloß nicht, dass ich ein Saufbruder bin«, sagte Prow einigermaßen verlegen. »Wahrscheinlich meint ihr, dass dies alles einfache Fruchtschnäpse sind, Selbstgebrannter. Könnt ihr euch vorstellen, welche Schätze sie enthalten? Was für Früchte, wie ich sie auswähle? Bei mir kommt nicht ein einziges angefaultes Stück Obst oder eine unreife Beere in die Maische. Andere – macht euch das mal klar – werfen alles, was sonst nichts mehr taugt, zusammen in einen Eimer: sammeln Kartoffelabfälle, heben alle verfaulten Reste auf, gegorene Konfitüre – und alles in den Destillierapparat! Nein, nein, was Sie wohl meinen, Gott behüte! Das gibt es bei mir nicht! Lieber schneide ich alles Unbrauchbare aus und esse es selber!

Meine Maische besteht aus den allerbesten Beeren, aus ausgesuchten Früchten. Und ich tu keinen Zucker dran, normaler Zucker entzieht dem Aufgesetzten das Aroma. Mein Sohn, der Antoscha, versteht mich nicht, missbilligt meine Liebhaberei. Aber ich bin kein *Schnapsbrenner*! Ich sammle den Geist, verstehen Sie? Den Geist! Den Geist aus den Feldern, aus den Schluchten, aus dem Wald: Tropfen für Tropfen, Beere um Beere, Kräutchen um Kräutchen spüre ich ihn auf. Manchmal streife ich wochenlang über die Wiesen, um die richtigen Kräuter zu finden. Haben Sie meinen Destillierapparat gesehen? Sehr sorgfältig gearbeitet, von einem geschickten Handwerker, aus reinem Kupfer und Silber! Ein Konstrukteur aus Smolensk, der ihn nach speziellen Entwürfen gearbeitet hat.

Aber was manche Leute behaupten, dass ›Aufgesetzter‹ angeblich gut für die Gesundheit ist, das ist nur Geschwätz. Das ist nicht das Entscheidende! Wir drei sind uns doch ganz zufällig begegnet, hilft das etwa der Gesundheit? Weiß der Himmel, ob nützlich oder nicht, sage ich euch. Der Seele tut es gut, dem Herzen. Manche meinen: ›In einem gesunden Körper …‹ – alles Unsinn, entsetzliches Gerede. Ich meine sogar, dass nicht jeder gesunde Körper ein Gefäß für einen lichterfüllten Geist ist. Manchmal ist einer ein kranker Mensch, ein armer Teufel oder sogar ein hoffnungsloser Säufer, und trotzdem hat er eine Seele, schön wie ein Gottesgarten! Antoninuschka, meine Liebste, sie war immer kränklich, irgendein Stoffwechsel funktionierte bei ihr nicht, aber eine schönere Seele habe ich im Leben nicht gekannt! Dieser Stoffwechsel … Und jetzt, wohin ich auch gehe, wisst ihr, überall spüre ich ihre Nähe. Das lässt sich nicht so einfach erklären.«

Prow verbeugte sich vor jemand Unsichtbarem; dann entkorkte er eine langhalsige Flasche und hielt sie feierlich, mit halbgeschlossenen Augen, erst meiner Mutter, dann mir unter die Nase, ehe er selbst einen langsamen, tiefen Atemzug tat.

»Also, den müsst ihr probieren, der ist unglaublich gut geworden: aus Birnen, Johanniskraut und Himbeeren.«

Prows begeistert und genüsslich blinzelnde Augen leuchteten voller Stolz. Eigentlich bin ich keine große Verehrerin hochprozentiger Getränke, aber ich konnte nicht umhin, von seiner besonderen Beziehung zu einer Sache entzückt zu sein, die für viele Menschen so verheerende Folgen hat.

Er nahm zwei Gläschen und füllte sie zu einem Viertel mit der in einem kristallenen Glanz schimmernden Flüssigkeit.

»Kostet einmal, nur einen winzigen Schluck, aber keine Eile, wirklich nur wenig, damit ihr es am Gaumen spürt«, sagte er besorgt, »schmeckt ihr das Aroma? Riecht einmal, wie das duftet! Nur keine Eile, keine Eile, trinkt in kleinen Schlucken! Dieser hier ist nämlich der allerreinste und sehr fein im Geschmack!«

Zuerst trank meine Mutter, dann ich ein wenig von dem kostbaren Inhalt des Gläschens, und – daran erinnere ich mich noch – wir waren ehrlich überrascht, dass Alkohol wirklich nicht nur dazu dient, sich so schnell wie möglich zu betrinken und sich zu vergessen. Als er unsere ungeheuchelte Zustimmung zu seinen Destillierkünsten wahrnahm, brannte Prow darauf, uns seine besten »Erzeugnisse« vorzuführen.

Abzulehnen war zwecklos, und wir waren, wie es sich für dankbare Gäste gehört, gezwungen, uns auf Gedeih und Verderb dem Hausherrn zu fügen, der uns zuerst mit Himbeergeist von »Wasilijs Wiese« und dann mit Birnengeist vom »Herrenhausgarten« traktierte. Von jedem Ort, wo er Früchte für seine Maische sammelte, wusste er eine Geschichte, eine denkwürdige Begebenheit zu erzählen, die den Getränken ein Aroma verlieh, das mit dem Geschmack des Alkohols nichts mehr zu tun hatte, aber das Empfinden in eigentümlicher Weise veränderte.

Der gutgelaunte Prow ließ sich nicht davon abhalten nachzugießen, er wollte, dass wir alles, was es bei ihm gab, probierten. Angesteckt von seiner fröhlichen Stimmung, ließen wir es uns munden und wurden immer betrunkener.

»Im Winter bin ich oft allein, die Kuh ist gemolken, die Arbeit erledigt, alles sauber im Haus. Dann zünde ich die kleine Lampe an, setze mich hin … Einen Platz am Waldrand hatte meine Liebste besonders gern, seit ihrer Kindheit. Als sie mich verließ, habe ich dort Walderdbeeren gesetzt; habe Kamille, Glockenblumen, Johanniskraut gesät, am Waldrand Himbeersträucher gepflanzt. Jedes Jahr verstecke ich dort etwas: füge etwas Neues hinzu, pflanze nach, beseitige altes Zeug, trockene Zweige. Gelegentlich kommt dort einer vorbei und nimmt den Platz sofort wahr. Ist eigentlich gar nichts Besonderes: kein Garten, kein Park, aber alles ist einfach unerhört schön anzusehen, und immer blüht etwas. Und niemand weiß, dass dort meine Vergangenheit lebt.«

Prow versank in Nachdenken, dann, sich plötzlich besinnend:

»Ach ja, ich wollte was vom Aufgesetzten erzählen. Einen habe ich von dieser Wiese. Ich mache gar nicht viel, probiere, was daraus wird. Manchmal tröpfeln so dreihundert Gramm zusammen, dann wieder wird es ein halber Liter. Ich gieße mir was in dieses Gläschen – draußen starker Frost, die Leute trinken Tee zu Hause, sitzen vorm Fernseher, und bei mir ist Sommer. Ich sehe die Wiese, meine Herzallerliebste, Antonina Nikiforowna, und alles ist gut ... Ich denke es mir so: unsere Seelen – die steigen auch in die Höhe auf und vereinigen sich da oben zu etwas unvorstellbar Schönem. Wohin die Menschenseele geht, ob sie ins Helle aufsteigt oder zu Wassertropfen in einem fauligen Sumpf wird – das liegt an uns selbst. Die alten Weiber beten vor den Ikonen, und ich, sehen Sie, habe diesen prachtvollen Vogel! Im Herbst fülle ich meine Flaschen mit neuen Obstschnäpsen, und er wird wie in den alten Heldenliedern wiedergeboren, erleuchtet meine bescheidene Hütte. Nur seine Federn kann ich um nichts in der Welt finden.«

JOHANNISKRAUT

Das Gefäß mit dem kostbaren Obstschnaps, das in gefährlicher Nähe zur Tischkante stand, wurde mit einer behutsamen Handbewegung zur Mitte hingeschoben – träumerisch fuhr Prow sich über die faltige gewölbte Stirn, dann ordnete er mit den fleischigen Fingern der breiten Hand gedankenverloren die Blumen im Glas. Sein gutmütiges Lächeln breitete sich freundlich über das ganze Gesicht aus, manchmal eine leise, unverhohlene Traurigkeit offenbarend – ehrlich und unverstellt; dann wieder schien es, als spiegele es ein starkes inneres Leuchten, das keine Halbtöne, keine Übergänge kannte – nur die grenzenlose Freude eines dankbaren Erdenwesens. Der

Rausch, die Wärme und ringsum die lebendig bewahrten Kräuter – ein ungewöhnlicher Mensch, dieser Prow.

»Mein Mamáchen hat mir immer vorgelesen«, er richtete den Blick auf die Collage aus eigenen Fotografien und Pferdebildern an der Wand, »in meiner Kindheit hat sie mir Geschichten von Riesen und Helden erzählt. Die hatte sie von ihrer Mutter, und die hatte sie bei ihrem Großvater gehört. Das waren keine Märchen, sondern wahre Geschichten. Besonders gern hörte ich von den sagenhaften Recken erzählen: etwa von Dobrynuschka, Iljuscha aus Murom, Aleksej Popowitsch – aber die kennen Sie ja. Hundertmal bat ich sie, und es hing ihr schon zum Halse raus, mir unablässig ein und dasselbe zu erzählen, und ich immer wieder: Maaami, bitte, bitte, ein einziges Mal, erzähl noch ein allerletztes Mal! Ich war ja noch klein, ein winziger Knirps. Ich sah doch, wie sie mich liebt, dass sie es gar nicht ablehnen kann, und ich bat und bettelte. Die Großmutter von Vaters Seite war eine berühmte Liedersängerin. Natürlich konnte sie auch Geschichten erzählen, aber die Lieder sang sie virtuos. Ich wollte eben was ganz anderes erzählen … Schon als kleines Kind liebte ich Pferde über alles. Und die Helden ritten doch immer auf Pferden, was ist ein Sagenheld ohne Pferd?! Na ja, ich wollte genau so sein wie sie. Wenn ich nur ein Pferd sah, wurde mir schon schwindlig!«

Anton hatte die Wahrheit gesagt: sein Vater war nicht aufzuhalten. Prow erzählte uns also von seiner großen Leidenschaft, vom Charakter der Tiere, den verschiedenen Rassen der Rennpferde, wie wichtig es ist, dass jedes Pferd einen richtigen Namen bekommt, und wie er sein erstes Pferd angeschafft hatte. Er redete und redete, aber absolut keinen Unsinn, wie ihn andere gelegentlich verzapfen.

Und schließlich endete es damit, dass Prow von meiner Mutter wissen wollte, wo wir damals, in den vierziger Jahren, lebten und wie wir den Krieg überstanden hatten.

Ob es daran lag, dass die Überfülle des Gesagten und Erzählten sie ermüdet oder ob der Alkohol ihr doch gehörig zugesetzt hatte, jedenfalls war meine Mutter nicht mehr zum Reden aufgelegt und antwortete nur trocken, dass Gott sich erbarmt und uns vor allem Unheil bewahrt habe.

»Wir sind auch durch ein Wunder gerettet worden«, sagte der Hausherr zutraulich, »anders kann man es nicht sagen. Ob es nun einem Zufall geschuldet war oder der Vorsehung – mit dem Verstand lässt sich das nicht begreifen.« Er goss noch einmal sein Gläschen voll, plötzlich wurde sein Blick starr, und nach kurzem Schweigen begann Prow mit einer neuen Geschichte:

»Ich glaube, es war November, ja, genau, November. Die Frontlinie verlief direkt am Fluss, mal sind die Deutschen in der Gegend, verstehst du, dann wieder ziehen sie sich ein bisschen zurück und unsere Soldaten rücken nach. So ging das hin und her. Und dann, nach einigen Kämpfen, wichen die Deutschen wieder zurück, setzten sich in der alten Verteidigungslinie fest, und am Dorfrand richtete sich unsere Kavallerie ein. Alles junge Burschen, rotbackig, ihre Augen strahlend vor Begeisterung – einer schöner als der andere. Sie schlugen ihr Lager auf, die Pferde kamen in den leeren Kuhstall der Kolchose, ein Teil der Soldaten wurde in den Bauernhütten untergebracht, die anderen im Zelt.

Was da mit mir los war, das hättet ihr erleben müssen! So viele schöne Pferde hatte ich im Leben noch nicht beieinander gesehen. Wie ein Süchtiger war ich hinter ihnen her, ich hatte die ganze Welt um mich herum vergessen – nur die Pferde im Sinn. Unsere Kuh war im Winter eingegangen, etwas Heu war noch übriggeblieben, ich rannte also mit den Armen voll Heu durchs Dorf. Mit diesem Eifer war ich den Soldaten sehr willkommen, sie erlaubten mir, mich um die Pferde zu kümmern, und nach zwei Tagen kannte ich sie alle schon mit ihren Rufnamen.

Und dann war es so weit, die Kavallerie erhielt den Befehl – sich gefechtsbereit zu halten. Mich jagten sie fort, war doch klar, damit die Pferde mich in diesem Durcheinander nicht zertraten. Ich rannte nach Hause, aber irgendwoher hatte meine Mutter schon insgeheim erfahren, dass unsere Soldaten bald angreifen würden. Sie verbot mir also strengstens, das Haus zu verlassen, schloss alle Türen ab. Aber ich hatte nur einen Gedanken: ich wollte für mein Leben gern sehen, wie unsere Kavallerie die Deutschen erledigt.

Ich kannte das Feld, auf dessen entfernt gelegener Seite sich die deutschen befestigten Stellungen befanden. Ich überlegte, von wo aus man am besten den Kampf beobachten könnte, überlistete meine Mutter, raus aus dem Haus und im Dauerlauf durch den Schnee zu jenem Wäldchen. Zwischen dicken Birkenstämmen versteckte ich mich in einer Schneewehe und wartete.

Ungefähr eine Stunde wartete ich, fror bis auf die Knochen, schließlich tauchte in der Ferne unsere Reiterei auf. Die Kavallerie richtete sich in einer Reihe aus: die Pferde sind unruhig, schlagen mit den Hufen auf den gefrorenen Boden. Mehr tot als lebendig warte ich auf den Ausgang des Gefechts. Die Kälte ist mir egal, den Frost spüre ich nicht, vor Aufregung ist mir das Herz in die Hose gerutscht! Plötzlich höre ich ein Hornsignal: Die Kavalleriesoldaten haben die Säbel blankgezogen, und das ganze Regiment stürmt gleichzeitig los, die Burschen jagen durch den hohen Schnee auf die stummen deutschen Stellungen zu. Kein Signal mehr, nur das Stampfen der näherkommenden Hufe ertönt immer lauter, dichte Dampfschwaden aus den Pferdemäulern und Schneewolken stieben vor der schnurgerade ausgerichteten Kette der tapferen Burschen hoch, die zum Angriff vorwärts preschen.

Und ich *glücklicher* Kindskopf war dort versteckt: reibe meine Hände, spähe umher, wo ist Jorik, wo galoppiert mein geliebter Pegasus? Wo sind Retiwyj, Phönix, Wa'ul, wo Jakut, Woronój, Nikotin, Nebroskij, Nakal, Igrok?«

Bei jedem Pferdenamen, bei jeder Anrede schlug Prow, seine Faust kaum beherrschend, mit der Hand auf den Tisch:

»Diese halben Kinder!« Prows Lippen zitterten. »Wozu!? Sagen Sie mir, wozu ausgerechnet sie? Warum hat man ihnen das angetan? Ganz grüne Jungen! Vierhundert oder sogar fünfhundert sind so umgelegt worden – einfach abgeschlachtet! Diese Kinder!«, stöhnte er aufschluchzend und hob die Hand.

»Die Pferde röcheln, bleiben im Schnee stecken, brechen in Schneewehen ein, die Jungen fallen um. Ununterbrochen feuern die Deutschen aus ihren Gefechtsständen. Blut, Stöhnen, Sterbende schreien, Grauen und Tod … Das war eine Hinrichtung, das allergewöhnlichste Erschießungskommando, ein sinnloser Selbstmord. Überflüssig! Außer mir, heulend rannte ich nach Hause. Und dort meine liebe Mama, totenblass: ihre Hände zittern, ich glaubte schon – sie bringt mich jetzt um. Packte mich bei den Haaren, warf mich auf den Boden und zog mir erbarmungslos die Peitsche über, als enthalte jeder Hieb ihre ganze Angst um mich. Schlägt mich mit der Peitsche, ich brülle wie am Spieß, winsele, schreie wie wahnsinnig das Dorf zusammen. Nicht vor Schmerz – ich fühlte überhaupt keinen Schmerz! Mein Mütterchen bekam es schon mit der Angst zu tun, hörte auf zu prügeln, weint mit mir, umarmt mich, greift sich ans Herz, aber ich kann nicht mehr aufhören zu schreien: vor Augen die umfallenden jungen Kavalleriesoldaten, die im blutigen Schnee versinken. Und ihre Pferde schlagen im Todeskampf um sich. Beine und Mähnen, Beine und Mähnen, Beine und Mähnen, Blut auf dem Schnee …«

Prow wischte sich die heftig strömenden Tränen ab, stand auf, ging zum Zaubervogel, holte noch einmal Obstschnaps heraus.

»Hier, Maria Leonidowna …, wohin man hier auch geht – überall russische Gebeine.«

Meine Mutter war schon fest entschlossen, abzulehnen, aber Prow ließ sich nicht umstimmen.

»Nein, nein, so geht es nicht, einen Gedenkschluck für die Jungen! Ihr bekommt nur dreißig Gramm, kein bisschen mehr. Das ist ein Aufgesetzter aus wilden Beeren: Himbeeren, Walderdbeeren vom Soldatenacker und Johanniskraut.«

GLÜCK GEHABT

»Und dann … später stand den ganzen Winter hindurch ein Infanterieregiment bei uns in Stellung. Es gab heftige Kämpfe. Anscheinend hatten die Deutschen und unsere Soldaten einander schon dermaßen zugesetzt, dass sie nur noch die Verteidigungslinien hielten und sich von

Zeit zu Zeit beschossen. Keine Seite hatte mehr Kraft für einen Angriff oder eine richtige Offensive, und einen Monat lang bewegte sich die Frontlinie nicht. Also, das Schuhwerk war der wundeste Punkt bei den Soldaten. Obwohl es um die Gewehre nicht besser stand, doch daran ließ sich einfach nichts ändern. Schuhe – die spürst du andauernd an deinen Füßen. Die Deutschen, natürlich, verstehen Sie … aber unsere Freiwilligen hatten nur so abgetragenes Zeug: viel zu dünne Halbstiefel, alte Treter in unpassenden Größen, miserable Walenki ohne Gamaschen. Bei Frost sind diese Filzstiefel in Ordnung, wenn man es nicht weit hat. Aber geh mal hundert Kilometer damit und dann in den Kampf, wenn der Schnee alles unpassierbar gemacht hat.

Im Dorf standen nur noch wenige Wohnhäuser, die Soldaten kamen hin und wieder zu uns: wenn sie was brauchten oder um irgendwas baten. Und wir? Wir hatten selber wenig zu essen: im Keller noch winzige gefrorene Kartoffeln, etwas Mehl – das war unser ganzer Reichtum. Dann, das erinnere ich wie heute, setzte starker Frost ein, und plötzlich kamen die Infanteristen zu uns und baten um Sägen. Einer nimmt die Säge mit, bringt sie nach einer Weile zurück; dann kommt der zweite – bittet auch um die Säge. Und was typisch war, sie kamen immer einzeln – als ob jeder etwas verheimlichte oder Angst hatte zu reden. Nur die Säge wurde jedes Mal ziemlich stumpf – und zwar dermaßen, dass der folgende Soldat sie erst mal mit einer Feile bearbeiten musste. Wir wunderten uns nur noch und begriffen nicht: was zerkleinern sie bei diesem Frost mit unserer Säge?

Na gut, das Regiment zog ab, die Deutschen zogen sich zurück – es herrschte wieder Ruhe. Im Frühling taute der

Schnee weg, und die Felder mussten für die Aussaat vorbereitet werden.

Und jetzt stellt euch das vor: Matschwetter, die letzten Nachtfröste und Wind, ich hebe mit zwei Alten eine Grube aus. Die Weiber aus dem Dorf holen die Gefallenen mit Pferdewagen von den Feldern. Die Erde ist noch hart gefroren, lässt sich nur mühsam aufgraben, überall stinkt es nach Aas, und Schwärme von Saatkrähen kreisen über den mit Leichen beladenen Fuhrwerken: ›Kra-kra-kra!‹ Grauenvoll, furchtbar. Die Deutschen und unsere Soldaten – alle legten wir in ein gemeinsames Grab.

Für welche Arbeit unsere Soldaten die Sägen gebraucht hatten, begriff ich jetzt erst: kaum ein Deutscher hatte noch seine Füße. Nur Stummel anstatt der Beine. Unmöglich zu sagen, welches Entsetzen mich befiel! Opa Anufrij bemerkte, dass mir kleinem Bürschchen schlecht wurde – er war ein kluger Mensch. Er hielt in seiner Arbeit inne, trat zu mir, nahm mich in den Arm und murmelte in seinen Bart: ›Söhnchen, fürchte dich nicht – hab keine Angst, Kleiner, so was machen sie nur im Krieg. Anders kann man einem erfrorenen Menschen die Schuhe nicht ausziehen.‹

Och, ihr Lieben, wie lange mich noch schreckliche Träume verfolgten: die erfrorenen beinlosen Fritzen, die verblutenden Pferde im tiefen Schnee, die jungen Kavalleriesoldaten, das Geräusch der Säge … Das ist so ein dumpfes Geräusch: die Zähne stoßen auf Widerstand, brechen ab – können nicht mehr greifen. Seit jenem Tag hasse ich sie wie die Pest – wenn ich sie nur sehe, verkrampft sich alles in mir vor Schmerz.«

Meine Mutter weinte unhörbar, ihre Augenlider waren von den Tränen gerötet; sie wischte sie mit einer

Handbewegung ab und flüsterte, sich auf den Tisch aufstützend, etwas in ihre Hände.

»Was ich glaube, Maria Leonidowna: wenn man bedenkt, alle unsere Gespräche hier, unser ganzes Leben – das ist alles reiner Zufall. Und alles nur darum, weil wir Glück gehabt haben. Ihre Anna und mein Antoscha – sind Glückskinder. Womit wir es verdient haben – weiß ich nicht. Denn vierhundert Kavalleriesoldaten … verstehen Sie, wie viele Menschen wären diesen Burschen geboren worden? Tausend? Zwei? Wie viele Familien das gegeben hätte: Sorgen, Mühsal, Kinderchen, Liebe und Lebensfreude. Wie viele Puschkins, Gagarins, wie viele Lomonossows sind wegen dieser barbarischen Idiotie nicht aufgewachsen, wie viele Menschenleben sind sinnlos zugrunde gegangen! Mütterchen Russland braucht einen starken Mann, Maria Leonidowna, unbedingt, einen gescheiten; aber auf einen richtigen Mann gibt unsere Obrigkeit gar nichts, der wird bald als seltenes Exemplar im Zoo für Geld ausgestellt. Dummdreistigkeit, wohin man sieht – und was bei uns auch passiert, am Ende ist niemand zuständig. Sie schieben alles auf den kleinsten Angestellten, auf das schlechte Wetter, auf die Jidden, auf den Teufel mit den Hörnern – die sind an allem schuld. Und dann vergeht die Zeit, nichts wird überprüft oder gar ins Reine gebracht – inzwischen stecken sie bis zum Hals in neuem Schlamassel.

Verzeihen Sie mir die Offenheit, seien Sie nachsichtig mit mir, wenn das nicht stimmt«, unser Gastgeber breitete die Arme aus, »vielleicht denken Sie anders darüber. Jeder hat seine eigene Meinung dazu …«

EIN KÜHLER ABEND

Auf der Suche nach Papirossy klopfte Prow seine Jackentaschen ab, doch dann fand er sie im Schönen Winkel, neben dem »Altar« des Zaubervogels, der die Reihen des einzigartigen Selbstgebrannten bewachte.

»Wollen Sie mir nicht Gesellschaft leisten? An sich rauche ich äußerst selten: zuzeiten gönne ich mir in einer Woche höchstens eine Papirossa, und nicht einmal deswegen, weil ich gern rauchen möchte – sondern so, einfach aus Spaß; aber jetzt habe ich gerade eine unglaubliche Gier danach.«

Wir zogen uns etwas über. In der Abendkühle stiegen Nebelschwaden von den Feldern auf. Als träger, langsamer Strom flossen die dampfigen Massen, dem Befehl einer unsichtbaren Kraft gehorchend, von den Hängen in die Niederung des mäandernden Flüsschens hinab. Widerhall von Gelächter, das Glucksen des Wassers, Stimmen junger Burschen aus dem Dorf erklangen vom Ufer. Anscheinend waren sie mit einem Zugnetz zugange. Einer von ihnen war ausgerutscht, ins Wasser geplatscht und hatte das feinmaschige Netz aus den Händen verloren. Die Burschen schrien, als sie zum Lagerfeuer kamen: sie fluchten, rempelten einander an, ärgerten sich über den mageren Fang.

Während sie sich am Feuer trockneten, erklang vom anderen Ende des Dorfes eine weibliche Stimme, die einen schwermütigen Gesang intonierte. Eine andere Sängerin fiel ein, und sie vereinigten sich zu einer zweistimmigen Melodie, die anfangs wie eine Romanze oder ein lyrisches Lied klang; als ich die Worte vernahm, begriff ich nicht gleich, dass die Frauen auf diese ungewohnte, sonderbare

Weise die Strophen einer Tschastuschka, eines derben Scherzliedes, sangen. Ohne Akkordeon, nicht übermütig herausfordernd wie üblich, sondern einfach so, laut schluchzend. Die belegte Stimme derjenigen, die zuerst gesungen hatte, kippte über: es klang, als werde sich das Solo gleich überschlagen und sie breche ab, ohne zu Ende zu singen. Aber so geschah es nicht – die zweite Bäuerin fiel ein, und dann klangen die Strophen viel gleichmäßiger, die trivialen Verschen über einen Liebsten im roten Hemd, über leichte Mädchen und Zigeuner waren ringsum deutlich zu hören:

Zigeuner zur Zigeunerin,
Meiner steht schon lange drin,
Wo er steht und was das soll,
Gar nichts sagt er, ist nicht toll!
Eine Flasche auf dem Tisch,
Liebste, trink doch, ist ganz frisch.

Die schwermütige Weise verklang in der Finsternis. Die Burschen hatten sich auf ihre Motorräder gesetzt, rauchten und warteten darauf, dass der abgesoffene Motor eines Kameraden den Bemühungen nachgibt und knatternd anspringt; eine Zeitlang erfüllte der Lärm der abfahrenden Motorräder weithin widerhallend die Umgebung, bis er in der Ferne erstarb. Doch der aufdringliche Liedanfang reizte mich immer noch wie ein Mückenstich, wollte mir keine Ruhe geben, sirrte auf der Zunge wie ein lästiges Insekt: »Zigeuner zur Zigeunerin …«

Als er die erste Papirossa geraucht hatte, drehte Prow schon die nächste zwischen seinen Fingern, doch er konnte sich nicht dazu entschließen, sie anzuzünden. In der Stille knarrten die Dollen eines unter Weiden verborgenen Kahns, kaum hörbar tauchten die Ruder mit leisen Schlägen ins Wasser.

EINE FLASCHE AUF DEM TISCH

Auf das Geländer der Vortreppe gestützt, sah meine Mutter über die Bäume hinweg in die Finsternis, hin und wieder warf sie mir und Prow einen Blick zu. Ein leichtes Kopfschütteln, das Zustimmung bedeuten konnte, war bei ihr immer das Anzeichen einer heftigen Gemütsbewegung. Es schien, als habe sie sich in Gedanken weit entfernt, als sei sie innerlich gar nicht bei uns; halblaut, geistesabwesend wiederholte sie ein paarmal monoton: »Du Liebe, trink noch eins mit mir, du Liebe, trink noch eins mit mir, du Liebe …«, und, als sei sie plötzlich zu sich gekommen, sagte sie mit lauter Stimme:

»Wie alles anfing, hat keiner von uns bemerkt. In unserem Leben gab es kein Ereignis, keinen Vorfall, der Menschen veranlassen könnte, Trost in der Kirche zu suchen. Umso überraschender war es, dass gegen Ende 42 mein Vater gläubig wurde. Anfangs hielt er es geheim – niemand ahnte etwas von dieser Bewandtnis, bis er einmal meine Mutter bat, seinen grauen Gehrock auszubürsten, und vergaß, dass sich darin ein Ausweis befand. Damals konnten die Deutschen nach Eintritt der Dunkelheit bis zum frühen Morgen – während der sogenannten Sperrstunden – jeden erschießen, der ohne Erlaubnisschein auf die Straße ging, und das kam gelegentlich vor. So kämpften sie gegen die Partisanen, und mein Vater hatte immer so ein Ausweispapier bei sich: ›Genehmigung zum Besuch kirchlicher Abendveranstaltungen.‹ Das Dokument lag, doppelt gefaltet, in einer Tasche seines Gehrocks.

Als sie diese Entdeckung machte, war meine Mutter natürlich überrascht und fragte ihn aus: warum und wofür er diese Erlaubnis brauche, und was er in der Kirche verloren habe? Mein Vater musste also gestehen, dass er seit einer Weile an Gott glaubt und schon lange zum Gottesdienst geht.

In unserer Verwandtschaft hatte sich nie jemand leidenschaftlich für Glaubensdinge interessiert – und plötzlich stecken wir in dieser höchst verzwickten Situation. Aber was tun: mein Vater hatte sich entschieden, es war seine Wahl. Wir konnten uns nur über diese Veränderung wundern.

Von dem Moment an verheimlichte er nichts mehr – betete zu Hause, verstellte sich nicht. Im Schönen Winkel stellte er Ikonen auf, vor dem Bild der Gottesmutter brannte ständig ein Öllämpchen. Ich sehe alles noch vor mir: im Haus herrscht Halbdunkel, Stille, die Wanduhr tickt gleichmäßig, im hinteren Zimmer hört man das dumpfe Murmeln meines Vaters: ›Herr, erbarme dich über mich Sünder …‹, das ›Vaterunser‹ und andere Gebete. Manchmal gehe ich hin, schaue vorsichtig nach, er liegt dort auf den Knien – verbeugt sich immer wieder bis auf die Erde, flüstert Gebetsworte. Und er betet so hingegeben, so inbrünstig, dass es schwer zu ertragen ist …

Denn vor dem Krieg war mein Vater als strenger und harter Mann bekannt. Im Ersten Weltkrieg hatte er in der zaristischen Armee gedient. Als junges Bürschchen war er an die Front gekommen, in Gefangenschaft geraten, lebte einige Jahre dort, in dem fremden Land, und kehrte in den zwanziger Jahren gesund und unversehrt ins Dorf zurück. Später wurde er mit meiner Mutter verheiratet, und dann bekamen sie uns drei Kinder. Im Mai 41 zog man Wanja zur Marine ein, mein Bruder Sergej war schon ein Jahr früher nach Sibirien, hinter den Ural, einberufen worden, und wir wussten genau, dass sie weit genug von der Front entfernt waren, um nicht in die Wirren der allerersten Kriegsmonate zu geraten. Dann die Okkupation: Briefe kamen nicht mehr durch, und jetzt ist es schon egal, ob du an Gott glaubst oder nicht – jeder zündet Kerzen für das Wohlergehen seiner Lieben an. Aber was er da tat …

Mit dem Fortgang des Krieges war von dem harten, schweigsamen Mann nichts geblieben. Seufzer, tränenfeuchte Augen, mal redete er gar nicht, dann wanderte er barfuß als Gottespilger durch die Dörfer. Er gab das leidenschaftliche Rauchen auf, ließ sich einen dichten Bart wachsen, aß kein Fleisch mehr, überall Ikonen, Kreuze, ›Herr, erbarme dich …‹ und immer wieder ›Herr, erbarme dich …‹. In unserer Gegend wurde er bald als frommer und angesehener Mann verehrt, aus den Dörfern kamen die Leute zu ihm, um sich einen Rat zu holen. Und ein halbes Jahr später wurde er zum Kirchenältesten im städtischen Gotteshaus ernannt.

Wir ließen uns zwar nichts anmerken, aber natürlich hatten wir Angst, was geschehen könnte, wenn die Kolchosen wiederhergestellt werden. Die Kirchentreuen hatte unsere Obrigkeit nie in Ruhe gelassen: alle, die als Priester galten, wurden mitsamt ihren Familien verbannt. Und nun plötzlich dieser Kirchenälteste, dazu die öffentliche Ehre und Aufmerksamkeit! …

Im Übrigen ging es bereits auf das Ende zu – die Front rückte näher, wahrscheinlich werden wir die Deutschen bald verjagen. Und da gab es in unserer Familie neuen Kummer: meine Mutter zog sich irgendeine Magenkrankheit zu, sie litt unsäglich, hustete Blut. Was wir auch unternahmen, wir konnten sie nicht retten.

Die Deutschen ziehen sich zurück. Wochenlang immer wieder neue Kämpfe, und eines Tages kommt mein Vater zu mir in die Stube. Er kam abends, zuerst schien es, als wolle er nur etwas erledigen – nachsehen, ob bei uns alles in Ordnung ist. Fragt mich nach diesem und jenem aus, schärft uns ein, dass wir uns während der Gefechte im Wald verstecken sollen. An einer sicheren Stelle tief im Moor hatte er für den Ernstfall eine Holzhütte errichtet, die uns als Zuflucht dienen sollte; er sagte, am Tage vorher sei er noch dort gewesen und habe alles in Ordnung gebracht. Ich dachte natürlich, dass wir uns gemeinsam dort verstecken würden, falls nötig.

Also höre ich ihm zu und spüre, dass ihm etwas anderes auf der Seele liegt, dass er mir etwas Wichtiges mitteilen will. Wir schweigen beide, sehen einander an. Plötzlich zieht mein Vater ein Fläschchen mit einem dunklen Pfropfen aus der Brusttasche – so eine Flasche, Prow, wie sie bei dir hinter dem Vogel steckt – und stellt sie vor uns auf diesen Tisch, den Anna und ich schon so lange durch die Lande schleppen. Ich sitze auf der einen Seite, er mir gegenüber. Mitten auf dem Tisch schimmert die Petroleumlampe.

Wir schweigen. Ich sehe – mein Vater hat feuchte Augen, mit den Fingern streicht er über seine Lippen, als seien sie taub geworden.

Dann heiser, mit gepresster Stimme:

›Töchterchen, ich habe nicht gedacht, dass wir so voneinander Abschied nehmen müssen.‹

Mehr tot als lebendig höre ich seine Worte. Und weiß nicht, was ich denken soll – eben habe ich mich von meiner Mutter verabschiedet, und jetzt spielt mein Vater verrückt, irgendetwas ist ihm zu Kopf gestiegen. Dann sehe ich, dass er es ernst meint.

›Die Bauern haben mich jetzt aufgefordert, in ihrem Partisanenverband mitzumachen‹, sagt er. ›Wahrscheinlich gehe ich zu ihnen. Das ist so eine Sache … Ablehnen kann ich nicht.‹

Ich klatschte voller Freude in die Hände:

›Aber, du lieber Papa, zu den Partisanen, was ist denn dabei? Warum jagst du mir dann einen solchen Schrecken ein, verabschiedest dich von uns? Mir ist eben das Herz fast stillgestanden, sage ich: was soll das, mich so zu erschrecken? Was ist denn, wenn du zu den Partisanen gehst – du kämpfst eine Zeitlang in den Wäldern: du bist ein erfahrener Soldat, dich wirft nichts um. Und wenn die Deutschen weg sind, kommst du wieder nach Hause. Was ist daran schlimm?‹

Er hatte den Kopf gesenkt, so saß er da, als ich ihn umarmte. Dann sagte er:

›Setz dich wieder, Tochter, setz dich – stehen macht nichts besser. Ich bin gekommen, um dir zu beichten. Dein lieber Papa ist ein großer Sünder. Aber siehst du, schon wieder die alte Leier. Sogar jetzt noch der Hochmut, ein *armseliger* Sünder bin ich. Du weißt nicht alles von mir, liebe Tochter, ihr habt nicht alles über mein Leben erfahren, du und deine Mutter!‹

Und dann erzählt mein Vater mir, wie er am Ersten Weltkrieg als Infanterist teilnahm, dass er mit seinen Kameraden in einen Hinterhalt geriet und in deutsche Gefangenschaft kam. Er wurde also als Kriegsgefangener ins Deutsche Reich geschickt, wo er für die Deutschen arbeiten musste. Dort fehlten nach dem Krieg, genauso wie bei uns, auf vielen Bauernhöfen Arbeitskräfte, die Frauen waren mit den Alten allein. Und Landarbeiter waren jetzt Gold wert. Mein Vater wurde in ein Dörfchen nahe Naumburg abkommandiert, in das Haus eines alten Weinbauern. Die Familie war wohl nicht besonders reich, aber auch nicht ärmer als unsereiner – ein steinernes Haus, ein großer Hof: Schweine, Schafe, eigener Grund und Boden von beträchtlichem Umfang. Mein Vater erzählte, dass in dieser Gegend auf den Hügeln überall Burgen standen, dass es dort stattliche katholische Kirchen gab, an den Hängen zogen sich Weinberge hin, Rebstöcke mit weißen Trauben – eine sehr schöne Gegend, sagte er.

Er kam als Arbeiter zu gottesfürchtigen Menschen ins Haus. Obwohl die Familie im Krieg zwei Söhne verloren hatte, nahm sie meinen Vater nicht als Gefangenen auf. Wie er sagte, behandelten ihn die Deutschen sehr respektvoll und richtig christlich. Nein-nein, auf die faule Haut konnte er sich nicht legen, die Arbeit war nicht einfach: rund ums Jahr müssen die Rebstöcke gepflegt werden. Aber er war immer ein gewissenhafter Arbeiter gewesen – und in der Familie schätzte man seinen Fleiß sehr; alle saßen gemeinsam am Mittagstisch, er bekam dasselbe Essen wie sie.

Und da er ein ansehnlicher Bursche war und einen guten Charakter hatte, verliebte sich die jüngere Tochter des Winzers in ihn. Mein Vater war anscheinend auch nicht schüchtern: sie wurden sich bald einig und begannen, sich heimlich zu treffen. So ging es eine Weile, bis die Eltern des Mädchens von ihrem Treiben erfuhren und mit ihnen Tacheles redeten: sie hätten gar nichts gegen diesen

Menschen, und wenn ihr miteinander leben wollt – bitte sehr, doch dann soll mein Vater ihren Glauben annehmen und sich kirchlich trauen lassen, in ihrer katholischen Gemeinde. So er das nicht tun will – werden sie ihn hinauswerfen, Unzucht können sie in ihrem Haus nicht dulden. Er hatte also gar keine Wahl … Papa ließ sich katholisch taufen, er bekam einen Festtagsanzug gekauft, und die Hochzeit wurde gefeiert, wie es in der Gegend dort üblich ist. Das war unglaublich schön, erzählte er. Sie wurden in der Hauptkirche jener Stadt getraut – einem mittelalterlichen, riesengroßen Dom, und von da an lebte mein Vater nicht mehr als Kriegsgefangener in dem fernen Land, sondern als freier Bürger, als verheirateter Mann. Er zog den Wein, wie er es gelernt hatte, und sie bauten sich sogar ein eigenes Haus. Zuerst wurde ihnen ein Sohn geboren, in kurzem Abstand ein zweiter. Und wie er erzählte, ging es ihm dort, in der Fremde, nur gut. Er hätte das neue Leben einfach genießen können, aber je länger er fern von zu Hause lebte, desto stärker ergriff die Sehnsucht nach seiner Heimat Besitz von ihm. Die anderen russischen Kriegsgefangenen wurden nach Hause entlassen. Ihm jedoch lag ein Stein auf der Seele: vor Augen immer die alte Mutter, die Kindheitskameraden, der jüngere Bruder …

Er kämpfte heftig mit sich, er litt lange Zeit, es gab niemand, dem er seine Seelenqualen hätte anvertrauen können: seine Frau hätte ihn nicht verstanden, sie war wieder schwanger, außerdem befürchtete er, sie mit seiner Sehnsucht zu beunruhigen. Doch das Heimweh hatte meinen Vater schon so zermürbt, dass er beschloss zu fliehen. Insgeheim traf er Vorbereitungen; legte Geld beiseite, erkundigte sich, wie man fährt, plante die beste

Reiseroute; und als alles vorbereitet war, verließ er die schwangere Ehefrau, die beiden Söhne und floh in die Heimat.

Er kam ohne Zwischenfälle an. Zu Hause die Eltern, die Freude, die Arbeit; die Obrigkeit hatte sich geändert, war sowjetisch geworden. In seiner Umgebung ahnte niemand etwas von seinem Schicksal in Deutschland. Er lebte und arbeitete wieder im Dorf, und selbst wenn er den Wunsch verspürt hätte zurückzukehren – nach Deutschland zu fahren war inzwischen unmöglich geworden. Dann hielt er um meine Mutter an; er verheimlichte ihr, dass er in Deutschland verheiratet war und dass dort drei Herzen schlugen, die ihn kannten und innig liebten.

Die Jahre vergingen, über den neuen Sorgen und Mühen geriet sein Leben und seine Gefangenschaft in Deutschland in Vergessenheit, als sei das alles nie gewesen.

Zu guter Letzt erzählte er mir noch, warum sich für ihn alles so vollkommen verändert hatte. Kaum hatte Hitler uns mit dem Krieg überzogen, da machte mein Vater sich klar, dass sich alle seine Söhne jetzt an der Front befanden – und gegeneinander kämpften. Wie auch anders? Meine deutschen Brüder waren einige Jahre älter als ich, erwachsene Burschen, und wahrscheinlich – so meinte er – kämpften sie dort und rächten sich an uns dafür, dass der russische Vater sie zu Waisen gemacht hat. Am schlimmsten war der Gedanke für ihn, dass meine Brüder aus Deutschland und die aus Weißrussland – seine leiblichen Kinder – auf ein und demselben Schlachtfeld aufeinandertreffen und einander töten könnten.

Nachdem er einmal auf diesen Gedanken verfallen war, konnte er ihn nicht wieder loswerden, er brannte sich in seine Seele ein und vergiftete sein Leben in einer Zeit, die für uns alle schwierig war. Doch er brachte es nicht fertig, sich uns zu offenbaren – er liebte meine Mutter von ganzem Herzen und wollte sie nach so langer Zeit zärtlicher Hingabe nicht dermaßen verletzen. Also begann er zu beten, in die Kirche ging er einzig und allein, um Vergebung für seine Sünden und Ruhe für seine Seele zu erlangen. Als sie ihn zu den Partisanen holten, begriff er diese Gelegenheit als Fügung des Allerhöchsten, um seine Taten zu büßen. Er meinte, er könne sich beim Vormarsch unserer Armee vielleicht irgendwie zu seiner deutschen Familie durchschlagen, sie um Verzeihung bitten und sie während der Kampfhandlungen vor Gewalttaten und Unbilden schützen.

Ich versuchte, ihn umzustimmen. Versuchte, ihn zu überreden, das nicht zu tun. Sagte, dass ich seine Gefühle verstehe und ihm nicht den geringsten Vorwurf mache, aber dieses Vorhaben sei aussichtslos und unterwegs gebe es unzählige Gelegenheiten, ihn zu töten oder zu verhaften. Auch wenn er bis zu jener Stadt durchkäme, würde das gar nichts helfen. Wer weiß, vielleicht war seine erste Ehefrau wieder verheiratet oder die Familie so zornig auf ihn, dass man ihn fortjagen oder, noch schlimmer, ihn sofort umbringen würde, ohne ihm überhaupt eine Chance zu geben, sich zu rechtfertigen.

›Ich habe große Schuld auf mich geladen, liebe Tochter‹, antwortete mein Vater. ›Ich will nicht damit sterben. Christus verachtete es nicht, um unserer Sünden willen zu leiden, und ich? Soll ich etwa Angst davor haben, für meine eigenen Sünden zu leiden? Ich will um Vergebung bitten. Und ich habe nicht mehr so viel Kraft – lange werde ich euch nicht mehr unterstützen können. Ich bin nur noch wenig von Nutzen, ihr werdet nur noch Sorgen haben. Und wenn ich – was Gott verhüte! – euch etwa Schaden zufüge? Ich bin ja Kirchenältester – mir selbst macht es nichts aus, aber wenn ihr um meines Glaubens willen leiden sollt? Die ersten Kinder habe ich im Stich gelassen, ich schamloser Hund, den anderen nur Unglück gebracht … Nein-nein. Bitte mich nicht, liebe Tochter, bring mich nicht von meinem Weg ab! Und sorge dich nicht! Gott existiert, und wie sehr wir uns auch abmühen, Seine Wege können wir nicht begreifen. Und Seine Wahrheit ist über allen, die Unrecht tun und von keiner Liebe wissen. Doch wohin es mich auch verschlägt – ihr müsst euch nicht fürchten. Mögen wir alle Gottes Zorn auf uns geladen haben, ich weiß das – doch leben müssen wir! Mit aller Kraft zappeln, uns ans Leben klammern! Und sei es nur um der vierten Generation willen.‹

Ob er es wirklich geschafft hat, in jene Stadt zu kommen? Ich weiß es nicht. Ich habe nichts mehr von meinem Vater gehört. Nach dem Sieg kam das Leben allmählich ins Gleichgewicht, und ich meinte, wir müssten uns mit dem Verlust abfinden, das Vergangene ruhen lassen. Doch wie damit umgehen? Alle, die ich liebte, waren nicht mehr. Mein Mann, mein Vater, die beiden Brüder, noch ein Mensch – alle Männer waren dort, auf der anderen Seite des Lebens, verschwunden. Keinen hatte ich verabschiedet, wie es sein soll, keinen wieder in die Arme genommen … Nicht eine einzige Nachricht, nicht eine Mitteilung. Nur die Benachrichtigung vom Tod meines Mannes und das jahrelange Warten. Vielleicht kommt doch einer überraschend zurück. Du weißt zwar, dass es nicht geschehen wird, doch die Hoffnung bleibt lebendig. Das Gartentor knarrt oder ein Klopfen an der Haustür – und dein Herz bleibt fast stehen. Vielleicht ist der Bruder heimgekehrt, der Vater oder ein Brief? ...«

Meine Mutter verstummte.

»Ojeh ... ojoj, Herr Gott, wozu das alles?! Es ist zum Herzzerreißen!«, sagte Prow erschüttert, während er sich mit einer Hand eine Träne von den geröteten Backen abwischte.

»Was für ein schweres Schicksal Sie gehabt haben! Maria Leonidowna, ojeh, liebe Maria Leonidowna ...«, wiederholte er ein paar Mal, »was für Schicksalsschläge Sie erlitten haben! Ojeh, ojeh«, sagte Prow klagend, »Herr du mein Gott! Aber sagen Sie mal, Maria Leonidowna, Sie haben mir noch gar nicht erzählt, was in der Flasche auf dem Tisch war? Was war denn darin?«

»Weißwein«, antwortete meine Mutter, »aus seiner Zeit als Winzer. Von der ersten Weinlese meines Vaters, die ersten Trauben, die er gemeinsam mit dem Weinbauern aus Naumburg geerntet hat. Diese Flasche trug er bei allen Grenzübertritten und Kontrollen bei sich, versteckte sie an seinem Herzen und vergrub sie neben der Hütte, als er nach Hause gekommen war. Jahrelang blieb der Wein so gut erhalten – die einzige Erinnerung an jenes zweite Leben in der Fremde. Ein herber Wein, schwerflüssig wie ... wie Tränen.«

»Verzeihen Sie, Maria Leonidowna, verzeihen Sie mir um Christi willen! Ich habe so etwas noch nie zu einer Frau gesagt, geschweige denn in Gegenwart Ihrer Tochter« – Prow schien meine Mutter mit den Blicken zu streicheln und zu umarmen – »ich schäme mich maßlos, aber ... erlauben Sie mir, Ihnen meine Verehrung zu bezeugen. Erlauben Sie mir, Sie zu küssen.«

Ohne auf eine Antwort zu warten, küsste er meiner Mutter die Hände. Zuerst die eine, dann die andere.

»Danke, ich danke Ihnen, dass Sie gekommen sind! Sie haben so vieles … Sie können sich gar nicht vorstellen, wie viel Sie mir …«

ZWEIFELN SIE NICHT DARAN!

Am frühen Morgen wurde unerträglich laut ans Fenster geklopft. Im Halbdunkel waren die Umrisse des Milizautos nur schwach durch die trüben Fenster zu erkennen. Ein Unbekannter wischte die beschlagenen Scheiben des Wagens sauber, während er rauchte. Der Lärm des laufenden Motors beschleunigte unsere ohnehin eilige Morgentoilette. Während wir uns die Müdigkeit aus den Augen wuschen, versuchte Anton vergeblich, den Vater aus dem Tiefschlaf zu wecken: der machte nur eine abwehrende Armbewegung und drehte sich von der einen auf die andere Seite, ohne zu reagieren. Wir glaubten schon nicht mehr, dass wir uns von ihm verabschieden könnten. Später kam er doch noch ans Auto, er sah ziemlich mitgenommen aus: ebenso übermüdet und verkatert wie wir.

Der Abschied gelang nicht nach Wunsch – unsere kaum an Alkohol gewöhnten Köpfe zersprangen fast vor Schmerzen. Anton, der die Ursache der allgemeinen »Unpässlichkeit« durchschaute, hatte die Stirn in vorwurfsvolle Falten gezogen, wiegte langsam den Kopf hin und her und sah mit stummem Tadel erst uns, dann seinen Vater an, als wären wir seine Kinder, die etwas ausgefressen hätten.

Langsam, zögernd begann der Morgen zu dämmern, widerstrebend sickerte das Licht durch eine ferne

Wolkenschicht am Horizont. Verschlafene Männer mit mürrischen Gesichtern zerrten unsere gewaltige Last in den hinteren Teil des Wagens; wir waren gerade noch rechtzeitig reisefertig geworden und saßen schon im Auto, damit beschäftigt, die Bruchstücke des eben erst vergangenen Traums festzuhalten.

Unterdessen trat Prow von einem Bein aufs andere, hustete, fixierte meine Mutter durch die beschlagene Fensterscheibe des Automobils und hinderte sie daran, sich dem heißersehnten Dämmerschlaf zu überlassen.

»Falls Sie, Maria Leonidowna, und Sie, Anna Sergejewna, also falls Sie in unserer Gegend mal vorbeikommen, dann kränken Sie einen einsamen Mann nicht – tun Sie ihm den Gefallen, besuchen Sie den Alten … Wir freuen uns immer, Sie zu sehen … zu jeder Tages- und Nachtzeit, bei jeder Gelegenheit! Mein Haus steht Ihnen offen. Für immer! Zweifeln Sie nicht daran!«, wiederholte er ein ums andere Mal.

Meine Mutter hatte eine Hand auf die Brust gelegt und erwiderte, sehr höflich, jeden einzelnen Satz mit einer leichten Verbeugung, zugleich schien sie aber bei jedem seiner Vorschläge etwas gezwungen zu lächeln. Endlich war das Gepäck eingeladen, die Männer setzten sich ins Auto, und gerade als es anfuhr, öffnete meine Mutter überraschend die Tür und stieg aus. Sie blieb ein paar Schritte von Prow entfernt stehen, verbeugte sich nach Bauernart tief vor ihm und sagte ergreifend sanft:

»Du bist ein guter Mensch, Prow Pawlowitsch! Sei glücklich, und mögest du noch viele Jahre leben!«

Prows Gestalt war lange im Rückspiegel des Autos zu sehen. Die breite Linke hielt er ans Herz gepresst, hin und wieder winkte er mit der rechten Hand.

Stille im Auto, nur das laute Brummen des Motors – anscheinend waren wir alle eingenickt. Auf einmal die helle, unerwartet klare Stimme meiner Mutter:

»Die ganze Zeit denke ich darüber nach, Anton, was für eine segensreiche Lebensaufgabe Sie haben: sich um die Menschen kümmern, ihnen helfen, darauf achten, dass keine Bosheit, kein Unrecht das Leben anderer Menschen beeinträchtigt. Wissen Sie, Anton, ich bin richtig stolz auf Sie! Das stimmt, lächeln Sie nicht! Mein lieber Enkel Serjoscha Regolskij dient auch so einer edlen Sache. Er ist in Leningrad Untersuchungsrichter für besondere Aufgaben. Ein kluger Junge, ein sehr guter, ein feiner Kerl! Möge er im Leben nicht Schiffbruch erleiden.«

DAS WUNDER

Unsere Weiterreise war zwar kurios und manchmal umwegig, doch ich will meine Erzählung nicht mit weiteren Einzelheiten überfrachten, um sie nicht zu sehr in die Länge zu ziehen.

Dank Anton Prowowitschs Fürsorge wurden wir – wie ein Stafettenstab – von einer Milizstation zur nächsten befördert. Anton setzte sich mit den einzelnen Stationen bei unserer Ankunft in Verbindung; und jedes Mal bat er, uns den Hörer weiterzugeben, und erkundigte sich mit der gebotenen Nüchternheit nach dem Fortgang unserer Reise. Einige Male besorgten uns die Milizionäre des jeweiligen Abschnitts ein Nachtlager. Einmal, als es kein Haus zum Übernachten gab, wurden wir in der leerstehenden Zelle einer kleinen Milizstation untergebracht. Wir schliefen auf Pritschen hinter einem Metallgitter – wo normalerweise

Rowdys und Radaubrüder einsitzen. Es war ruhig, keine Menschenseele dort außer uns und einem älteren Milizionär, der in der Nähe saß und die ganze Nacht Dickens las.

Ein andermal konnten sie kein Auto für uns auftreiben. Schließlich brachten sie uns zu einer Eisenbahnstation und setzten uns mitsamt Handwagen und Gepäck in den Vorortzug, der überfüllt war mit Datschenreisenden. An der Endstation erwarteten uns zwei Milizionäre, von denen einer sich umständlich nach dem Missverständnis erkundigte, sich im Nacken kratzte und per Funk jemanden bat, zum Bahnhof zu kommen. Bald darauf erschien ein sportlich wirkender lieber Junge, wie sich herausstellte, der Schwiegersohn des Anrufers. Er arbeitete als Wachposten in der Miliz und hatte gerade Dienst an dieser Bahnstrecke; beide berieten sich, und nachdem sie unser Zeug auf dem Dach des Milizautos befestigt hatten, fuhren sie uns zur Moskauer Schnellstraße. Nach einer knappen halben Stunde hielten sie einen passenden Laster an. Wobei dieser Lastwagen nicht nur direkt nach Gorkij fuhr, sondern – ein wunderbarer Zufall – der Fahrer an unserem Haus vorbeifahren musste.

Unglaublich! Noch gute zehn Stunden, und unsere Wanderschaft würde ein Ende haben – meine vertrauten vier Wände würden mich in Empfang nehmen, mein Bett und dann die ersehnte Ruhe.

ES GIBT KEIN WUNDER

Unser neuer Fahrer war freundlich und unkompliziert; er hatte es offensichtlich eilig, rieb sich die Hände, genoss in Gedanken, vor sich hin lachend, das Wiedersehen mit seiner Familie. Während der ganzen Fahrt erzählte er von seinen Kleinen, erinnerte sich an lustige Episoden aus ihrem Leben mit unzähligen winzigen Details, gab uns ein Fotoalbum und war anscheinend froh darüber, dass er nun jemandem erzählen konnte, wie unbändig er seine Frau liebt und wie sehr er sich nach den Kindern sehnt.

Das Gefühl einer ungewohnten Leichtigkeit erfüllte uns. »Wie gut«, dachte ich, »wie schön doch die Welt ist, in der wir leben und in der es so erstaunliche, hervorragende Menschen wie diesen Fahrer gibt oder wie die fabelhaften Milizionäre, die uns unterwegs geholfen haben! So sieht also das großartige, glückliche Finale unserer Wanderschaft aus!«

Ungewöhnlich aufmerksam und konzentriert lauschte meine Mutter auf jedes Wort des Fahrers. »Was für einen großartigen Beruf Sie haben«, sagte sie tiefbewegt. »Sie bekommen an einem Tag so viel zu sehen, wie es anderen in ihrem ganzen Leben nicht vergönnt ist. Sie müssen sehr glücklich sein.« Der Fahrer lächelte nur gutmütig zur Antwort und bemerkte, dass wir bald eine Pause machen und etwas essen würden, und dann hätte er in Moskau kurz etwas zu erledigen. Er musste in einer Garage an der Ringautobahn nur ein paar kleine Kisten ausladen und dann – geht's direkt nach Hause. Er versprach sogar, uns den Tisch in den vierten* Stock hinaufzutragen.

Wie sich herausstellte, war das Schnellrestaurant im Erdgeschoss eines Betonbaus mit dem verblassten hellblauen Schild »Haus der Kultur« an einer rostigen Querstange das beliebteste Café an diesem Abschnitt des

---

* Im Russischen bezeichnet »der erste Stock« das deutsche »Erdgeschoss«, entsprechend werden die weiteren gezählt.

Rings. Auf einem kleinen, ein Stück vom Café entfernten Parkplatz standen mehrere Autos, ein paar Lastwagen, ein Motorrad mit Beiwagen. In dem weitläufigen Raum des Restaurants, der allem Anschein nach in früheren Zeiten als Festsaal gedient hatte, spielte Musik, an den Tischen saßen einige Gäste. Die Essenszeit war vorbei, wir bekamen Hühnerbrühe mit einem halben Ei und Petersilie darauf, Tee und ganz passable mit Apfelmus gefüllte Piroggen.

Meine Mutter sagte, sie habe keinen Appetit, etwas schien sie zu beunruhigen, und als der Fahrer uns für kurze Zeit allein ließ, bat sie mich plötzlich, unglaublich verlegen und errötend, »ihr einen allerletzten großen Gefallen zu tun«. Ich wusste nicht, was ich davon halten sollte – vor Aufregung standen ihr Schweißtropfen auf der Stirn, und in diesem Augenblick war ich bereit, mich auf alles Erdenkliche einzulassen, doch meine Mutter … Meine Mutter überraschte mich mit der Bitte, die Fahrt in Moskau zu unterbrechen, »wo wir sowieso anhalten müssen«. Meine großmütige Stimmung war im Nu verflogen, als sei sie nie gewesen. Mit diesem Wagen hatten wir so ein unerhörtes Glück, diese Gelegenheit wird es nicht noch einmal geben – es sind gerade noch ein paar Stunden bis nach Hause, wir müssen nur stillsitzen und die Fahrt genießen; in Gedanken war ich vor Freude ganz elektrisiert, auf meiner Haut spürte ich schon den Geruch der Wohnung, das Aroma des Windes von der Wolga her – und plötzlich gibt es ein neues Hindernis!

Während ich nach Worten suchte und überlegte (da ich ihren eigensinnigen Charakter kannte), wie ich die Ablehnung begründe, erklärte meine Mutter mir verworren, dass sie schon sehr alt sei und kaum noch die Gelegenheit haben werde, sich in der Hauptstadt aufzuhalten, und sie möchte doch so gern einmal im Leben den Kreml und den Roten Platz sehen! Mir lag schon eine Ungehörigkeit auf der Zunge, weil mich plötzlich Ärger überkam: in Gorkij gibt es auch einen Kreml und vor der Festung einen schönen Platz, außerdem ein Museum, und sogar einen Teufel mit Hörnern finden wir dort, wenn wir Lust haben, aber bitte nicht nach Moskau! Und ich glaubte – ich war überzeugt davon –, meine Mutter würde mir recht geben und nicht mehr darauf bestehen.

Doch als ich darüber nachgedacht hatte, wurde mir klar, wie unrecht ich hatte. Es war Donnerstag, in Gorkij würden wir am späten Abend ankommen. Am Freitag könnte ich sowieso nicht arbeiten gehen, denn es war langes Wochenende … Und der Wunsch meiner Mutter, ein einziges Mal Moskau zu sehen … Sollte ich meinen Willen durchsetzen, nach Hause fahren und mir mein Leben lang Vorwürfe machen, dass ich etwas versäumt hatte?

Natürlich, der Gedanke, dass wir mit dem Tisch auf dem Handwagen durch Moskau bummeln, war kein bisschen erheiternd. Aber irgendetwas würde sich doch organisieren lassen. Vielleicht können wir den Tisch einen Tag in der Garage unterbringen, die der Fahrer erwähnt hat, dachte ich, aber was dann? Noch mal vierhundert Kilometer zu Fuß?!

Als der Fahrer von Mutters Wunsch erfuhr, bestärkte er sie zu meiner Überraschung: »Klar doch! Einmal im Leben muss man in der Hauptstadt gewesen sein!« In der Garage hatte er mehrere Bekannte und war überzeugt, dass wir ein Auto finden würden, das uns am Abend oder im äußersten Fall am nächsten Tag nach Gorkij mitnehmen könnte.

DEN TISCH STEHEN LASSEN

Die Moskauer Außenbezirke unterscheiden sich in nichts von den Randgebieten irgendeiner anderen Großstadt in der Sowjetunion: die immer gleiche Ansammlung von Metall, von Turmaufbauten und Schornsteinen; in Reihen hintereinander Garagen, Schuppen, Betongebäude mit unklarem Verwendungszweck, winzige Flüsschen, die aus einer stinkenden, öligen Flüssigkeit bestehen, trostlos angeberische Autowerkstätten und Berge von wild angehäuftem Metallschrott, an den Rändern von perlmuttfarben schimmernden Wasserreservoiren Müll und Gerümpel. In einiger Entfernung, hinter Gebäuden, denen man nicht ansieht, ob sie genutzt werden oder verlassen sind, zwischen vereinzelten Inselchen von noch nicht zerstörtem Grün sind schon die weißen Hochhäuser der Vororte im Moskauer Umland zu sehen. Auch sie werden allmählich zu einem Teil der Hauptstadt. Doch noch sind sie nicht miteinander verwachsen, noch trennt sie dieses seltsame labyrinthische Niemandsland, in dem ein auf wunderbare Weise erhaltenes kleines Privathaus ein letzter Zeuge dafür ist, dass das Leben auf diesem Stückchen Festland früher eine andere Bestimmung hatte.

Nachdem er aus dem dichten Strom der Fahrzeuge ausgeschert war, bog der Lastwagen von der Umgehungsstraße ab und nach kurzer Fahrt hielt er unmittelbar vor dem Tor zu einer kleinen Autowerkstatt. Die Torflügel gingen bald auf und der Fahrer stieg aus, um seine Angelegenheiten zu erledigen; nach wenigen Minuten kam er zurück, begleitet von einem älteren Armenier – einem lautstarken, schwarzhaarigen Mann –, er arbeitete als Wachmann in dieser Garage. Vergnügt lachend palaverten die Männer lebhaft miteinander. Schon von Weitem winkte uns der Wachmann einladend zu, als seien wir Bekannte, öffnete zuvorkommend die Tür der Fahrerkabine und rief, wie bei den Bergvölkern üblich, freundschaftlich aus:

»Guten Tag, schöne Frauen, seien Sie herzlich willkommen in unserer Hauptstadt! Man hat mir schon alles von Ihnen erzählt! Es geht doch nicht an, in Moskau zu sein und sich nicht in Moskau umzusehen?! Eijeijei, das wäre doch eine Schande, verstanden?! Und haben Sie keine Bedenken: alles geht in Ordnung! Verstanden? Steigen Sie aus, fahren Sie in die Stadt und sehen Sie sich Moskau an. Ihre Sächelchen werden wir aufs Allerbeste hüten – und bummeln Sie durch Moskau, von mir aus eine ganze Woche: probieren Sie Mandarinen, Datteln, Melonen und Weintrauben! Bis zu Ihrem Gorkij bringen wir Sie auf jeden Fall!«

Eine Zeitlang saßen wir noch in der Kabine, es schien, als wollten die Ledersitze uns nicht loslassen – sie hätten uns doch in ein paar Stunden nach Hause bringen sollen. Wir hatten nicht erwartet, dass man so energisch mit uns umging, und wir waren aufs Äußerste verunsichert, wie entgegenkommend Moskau uns in der Gestalt dieses liebenswürdigen Armeniers empfing. Doch es gab kein Entkommen, gemeinsam luden die beiden eilig irgendwelche Waren aus, Körbe, unser Gepäck und den Tisch. Der Wachmann versicherte uns noch einmal, dass es keinen Grund zur Beunruhigung gäbe, dass unserer Habe garantiert nichts passieren wird – täglich fahren Lastwagen in Richtung Gorkij, und das einzig Unangenehme, das uns geschehen kann, wären ein paar Stunden Wartezeit, die er uns, wie er schwor, angenehm verkürzen wird.

Die Metrostation befand sich etwa dreihundert Meter entfernt von der Garage. Hingebungsvoll wie ein Kind betrachtete meine Mutter die Ausstattung aus weißem Marmor. Alles war für sie neu, überraschend. »Wie schön, wie interessant alles eingerichtet ist!«, äußerte sie, als wir in der Metro saßen.

Als der Zug das Tempo beschleunigte, schaukelte der halbleere Waggon hin und her. Er dröhnte, er saugte durch die geöffneten Fensterklappen Ströme kühler Luft aus den dunklen Tunneln ein. Immer wieder dieses Aroma geteerter Schwellen – ein unbeschreiblicher, einzigartiger Duft, den du jedes Mal mit einem unerklärlichen Entzücken einatmest. Vor drei Wochen erst hatten wir in der brennenden Sonne gestanden: unser Tisch lag auf dem glühheißen Asphalt, der letzte Waggon des Zuges verschwand gerade in der Ferne und über unseren Köpfen die flirrenden Libellen, die in der Luft kreisten – das war so weit weg, dass es mir wie ein Traum vorkam.

Mit jeder Station, die dem Zentrum der Hauptstadt näher lag, wurde das Wageninnere unweigerlich enger, und bald umstanden uns die Fahrgäste der Metro als kompakter Ring. Meine Mutter wurde offensichtlich immer unruhiger: die unkontrollierbare Nähe vieler Fremder jagte ihr Angst ein. Kaum bewegten wir uns auf den Ausgang zu, als die Türen sich öffneten und ein Strom eiliger Menschen uns auf die Metrostation hinausschob. Vielleicht aus Ungeschicklichkeit, vielleicht aus dem Unvermögen, sich dieser Woge sofort zu überlassen, geriet meine Mutter aus der Fassung und verlor den Kopf, sie packte mich an der Hand, und wie zwei Watschelenten retteten wir uns irgendwie dorthin, wo uns niemand mehr weiterschubste.

Es war nicht einfach, sich auf den Umsteigestationen und Übergängen zurechtzufinden – überall Eile und Geschiebe. Immer wieder erklärte man uns die Strecke zum Ochotnyj Rjad, aber als wir der dichtgedrängten Menge folgten, bogen wir anscheinend falsch ab: die Zweiglinie stimmte nicht, die Richtung auch nicht – schon wieder alles falsch gemacht!

Irgendwann, als wir uns auf einer Steintreppe über einem Bahnsteig befanden, wollte meine Mutter verschnaufen und bat mich, stehen zu bleiben. Lange beobachteten wir von unserer Höhe, wie die aus verschiedenen Richtungen hastenden Menschen sich als viele kleine Zuflüsse und Rinnsale zu einem brodelnden Strom vereinigten, dann wieder auseinanderliefen. Die Züge der elektrischen Bahnen fuhren in bewundernswert kurzen Abständen ein, ihre Türen öffneten sich, um neue Zuflüsse hinauszulassen. Ein Teil des Stroms verlor sich in den Eingeweiden der Elektrozüge, ihre Türen schlossen sich und die Bahnen verschwanden im dunklen Bauch der Tunnel. So immer wieder, ein ums andere Mal: der Menschenstrom pulsierte, verlief sich in einem nur ihm bekannten Rhythmus in den Weiten der granitenen Unterwelt, wie ein lebendiger, beweglicher Organismus.

UNENTSCHLOSSEN IM HERZEN MOSKAUS

Schließlich schafften wir es doch, am Ochotnyj Rjad anzukommen. Vor Kurzem noch, auf den Zufahrtsstraßen nach Moskau, hatte die Sonne hin und wieder durch die lockeren Wolken geschienen, und wir, in Gedanken schon den Anblick des Kremls genießend, stellten ihn uns lebendig, vibrierend, in verschwenderischem Kolorit vor. Doch nein – das Zentrum Moskaus empfing uns mit leblosen Farben. Der alltägliche hektische Strom der Moskauer trug uns aus der Unterwelt ins Freie, und auf dem Ochotnyj Rjad waren wir im ersten Augenblick unangenehm überrascht von dem bedrückenden Anblick der melancholisch herumstehenden Wahrzeichen der Hauptstadt, eingehüllt in das Grau eines trüben Tages.

Und sogar die prächtigen Kuppeln der Basiliuskathedrale auf dem Roten Platz, die nur schwach durch den fahlen Dunst schimmerten, wirkten abstoßend alltäglich.

Es war in jeder Hinsicht der allernormalste Werktag. Um der Beschreibung des Hauptstadtzentrums wenigstens ein paar der fehlenden Farben hinzuzufügen, müsste ein Autor seine Erzählung mit kleinen Szenen ausschmücken, wie glückliche Frischvermählte für das Hochzeitsfoto auf den Roten Platz eilen, er müsste von einem strahlenden sonnigen Tag erzählen, von den Blumen auf den zahlreichen Rabatten, von den Schlangen begeisterter Schaulustiger, die die Schönheiten des Kremls zu besichtigen wünschten. Doch jetzt war alles peinigend alltäglich: förmliche, großstädtisch gekleidete Einwohner, die Gesichter in den Asphalt gebohrt, gingen eilig ihres Weges. Vereinzelte Grüppchen ausländischer Touristen gafften halb verschüchtert auf die Stadt, als befänden sie sich in einem dumpfigen Meeresaquarium vor dem Glasfenster eines riesigen, bedrohlich brüchig gewordenen Behälters, angefüllt mit wenig attraktiven Tiefseebewohnern: Zitterrochen, milchig weißen Quallen unterschiedlicher Größen, gigantischen Kalamaren und Kraken.

Ein kauziger Ausländer, der einen karierten Hut trug, hatte uns entdeckt und verfiel plötzlich darauf, die anderen Touristen aus seiner Gruppe auf uns hinzuweisen. Und die, postwendend ermuntert, begannen alle zugleich in ihrem Kauderwelsch zu lärmen, lächelten uns zu und machten uns Zeichen, als seien wir zwei sonderbare altmodische Karauschen, die durch ein Mirakel in dieses für alle befremdliche Wasserbecken geraten waren.

Der Rote Platz lag ein paar Meter entfernt, von hier aus waren das Mausoleum und die gerundeten Kuppeln der Basiliuskathedrale zu sehen. Wir hätten unsere Schritte als Erstes dorthin lenken sollen, doch die Stimmung meiner Mutter war spürbar umgeschlagen. Ihr Gesicht drückte kein bisschen Freude mehr aus, wieder wirkte sie beklommen und hilflos. Wir setzten uns hin, weil sie etwas mit mir besprechen wollte.

»Liebe Tochter, ich möchte dich um etwas bitten. Ich verstehe ja – du musst in die Schule, und alles dauert nur meinetwegen so lange. Du bist sehr erschöpft, verzeih! Aber … hör zu: Lass uns einfach noch ein paar Tage in Moskau bleiben!«

Natürlich, die freien Tage lagen vor uns und zwei weitere Tage änderten im Ernst gar nichts, doch hier in der Hauptstadt waren wir allein, weit und breit weder Verwandte noch Bekannte. Außerdem hatte ich in den drei Wochen unterwegs alles ausgegeben, was ich besaß, daher überstiegen die Moskauer Hotels jetzt gänzlich mein Budget. Und der Gedanke, dass wir eine Unterkunft suchen mussten und uns in der riesigen Stadt neue Strapazen bevorstanden, wo fast alles ein gutes Ende gefunden hatte – war ein Horror für mich.

Ich gab mir einen Ruck und brachte es irgendwie über mich, meiner Mutter alle Bedenken darzulegen, und fügte hinzu, dass ich zu allem Übrigen mich unseres äußeren

Aufzugs sehr schäme. Wir sahen wirklich wie zwei einfältige, verwahrloste Bettelweiber aus der tiefsten Provinz aus.

Doch dieser Monolog machte auf meine Mutter keinen Eindruck. Er schien sie sogar zu belustigen, und sie fing sofort damit an, dass ihr genug Geld zur Verfügung stehe: auf dem Sparkonto lägen etliche Tausend, die sich im Laufe der Jahre durch ihre Rosenzucht angesammelt hatten. Ich solle mir keine Gedanken machen, sie wird mir nicht zur Last fallen, denn diese Spareinlagen mit ihren Erträgen reichten sowohl ihr wie auch mir für ein sorgenfreies Alter.

Diese Art von Gesprächen liebe ich gar nicht. Ebenso wenig wie ich bisher die Angewohnheit hatte, auf Kosten anderer zu leben, habe ich es in Zukunft vor. Ich wollte gerade widersprechen, doch da legte meine Mutter mir die Hand auf die Schulter und sagte in einem Ton, der keine Diskussion zuließ:

»In diesem Aufzug will ich nicht auf den Roten Platz gehen. Anna, ich möchte mit dir zwei ganz besondere Tage in Moskau verbringen. Du bist mein einziges Kind, das Allerkostbarste in meinem Leben. Das Geld für das Haus … können wir ganz nach Gutdünken verbrauchen – wir wollen es so ausgeben, wie wir Lust haben, und bitte, denke nicht mehr darüber nach! Du fragst jetzt sofort, wo das nächstgelegene Hotel zu finden ist – da nehmen wir ein Zimmer, machen uns zurecht, schlafen uns aus, erholen uns. Und morgen kaufen wir uns neue Sachen, und dann spazieren wir durch Moskau wie zwei ausländische Dämchen. Das möchte ich dir so gern zum Geschenk machen.«

DER TURM ZU BABEL

Das nächste Hotel befand sich in einer Entfernung von wenigen Metern. Das Gebäude war derart riesig, dass wir es zunächst nicht wahrgenommen hatten. Wie ein Tempel, wie der Turmbau zu Babel – majestätisch und furchteinflößend ragte es mit vielen Stockwerken, kleinen Balkons und Balustraden als gigantischer, geheimnisvoller Kubus hoch in den Himmel. An der Frontseite kragte eine strenge, uns zugewandte Reihe monumentaler Säulen herausfordernd vor, umgriff die ersten Etagen und schien sie, gleichsam aufgespießt, bis zu den Dachterrassen hochzustemmen. Die schweren Mauern aus rotem Granit, die regelmäßig gegliederte Basis der quadratischen Säulen, die elegant verteilten bizarren Lampenmasten am Haupteingang – alles das versetzte uns in Erstaunen, löste Verwirrung und Begeisterung aus.

Das Gebäude, das sich über ein ganzes Karree erstreckte, lag in einiger Entfernung von den anderen Bauten des Ochotnyj Rjad und schien mit seiner Größe den Gipfel von Macht und Wohlfahrt zu demonstrieren, die der Staat dem gutgläubigen Bürger eines riesigen Landes vor Augen führen kann. Links von ihm, in Richtung der Lubjanka, fuhren auf mehreren Spuren Autos, und in keiner anderen Stadt der damaligen Sowjetunion hätte man diese Menge unterschiedlicher Fahrzeugtypen antreffen können, die da vorüberrasten: angefangen von den Staatskarossen, den »Tschajkas«, die von Sicherheitskräften eskortiert wurden, bis zu extravaganten ausländischen Marken, die nur aus Filmen bekannt waren. Auf einer kleinen Fläche rechter Hand, beim Übergang auf den Roten Platz, kreuzten sich eine Menge Fußwege, die einerseits zum Mausoleum, zu den Museen und Kirchen, andererseits zu den Verkaufsbuden führten. Aber was schreibe ich da – vor dem Eingangstor zum Kreml, ein paar Meter von uns entfernt, markierte der Nullkilometer den Ausgangspunkt aller Straßen und Richtungen des Landes, und wir standen in unmittelbarer Nähe dieses Messpunktes aller Berechnungen und starrten auf das gigantische Bauwerk, hinter dessen Mauern man alles andere als Hotelzimmer vermutete.

Und alles quirlte durcheinander, war in Bewegung. Überall und gleichzeitig – im selben Augenblick. Das Gewimmel vor dem Paradeeingang präsentierte sich in so lebhaften und überraschenden Farben, dass ich meinte, wir seien in irgendwelche Filmaufnahmen geraten. Förmliche Portiers in korrekt geschnittenen Anzügen, die den Hotelgästen nachtrabten, übergaben Taxifahrern eilfertig Gepäckstücke; Damen, die wie Offiziersgattinnen aussahen, lachten übertrieben gutgelaunt, während sie Belanglosigkeiten austauschten; deutlich erkennbare Ausländer entfernten sich, begeisterte Grimassen schneidend, aus dem Bannkreis des Gebäudes. Der Gedanke, wir könnten ebenso wie alle diese Leute durch die Paradetür das Hotelinnere betreten und sogar für eine gewisse Zeit das Recht erlangen, Teil dieser pompösen Szenerie zu werden, die sich vor unserem Blick auftat, war ebenso komisch wie erschreckend.

Meine Mutter blieb vorm Eingang stehen. Erhabene Metallbuchstaben, die rötlich golden auf der dunklen Granitmauer schimmerten, verkündeten den Besuchern stolz den Namen dieses Orts: Hotel Moskwa.

»Na also, sieh mal, Tochter«, die Stimme meiner Mutter klang immer noch energisch, doch nicht mehr ganz so entschlossen, »wir müssen nicht einmal suchen.«

Nachdem ich die heftigen Wechsel der letzten Wochen überstanden hatte, hatte ich mir zur Gewohnheit gemacht, gelassen dem Strom der Ereignisse zu folgen, doch es macht etwas aus, ob man sich an der Peripherie eines großen Landes vorwärts schleppt oder ob man sich wie eine Bettlerin gekleidet dem Gespött der Leute aussetzt, weil man ein Zimmer in einem der ersten Hotels dieses Landes mieten möchte. »Wir müssen nicht einmal suchen«, schon der Gedanke, alles könne gleich so ablaufen, brachte mich fast um den Verstand. Doch ich hatte nicht den Mut, meine Mutter davon abzubringen. »Egal was geschieht, nur noch kurze Zeit und – wir sind zu Hause!«, diese Vorstellung beruhigte und bestärkte mich, ließ mich die Fassung bewahren.

Während wir noch zweifelnd dastanden, blieb die Haupteingangstür keinen Augenblick stillstehen. Wie ein Schwimmer, der im Begriff ist, ins kalte Wasser einzutauchen, hielt meine Mutter abwartend inne. Als sie zwei junge Offiziere bemerkte, die auf den Eingang zugingen, ergriff sie plötzlich entschlossen meine Hand, zog mich hinter sich her und führte mich, im Rücken der Soldaten Schutz suchend, wie ein kleines Kind. So gelangten wir in das geräumige Foyer, in dem sich die Leute drängten.

Den weiten Eingangssaal des Hotels Moskwa unterteilten zwei Reihen von Granitsäulen, die das mächtige Gewölbe über unseren Köpfen trugen. Die Decke, die aus einer Abfolge von quadratischen Kassetten mit vergoldeten Rosetten und anderen pompösen Verzierungen bestand, verlieh dieser monumentalen Masse den Anschein unverkennbarer Erhabenheit. Von dort, von hoch oben, hing ein vielarmiger Leuchter herab, der kristallen glänzend in hoheitsvoller Kälte schimmerte, als prunke er mit seiner üppigen massiven Vergoldung. Überall Gedränge und Gespräche, korrekt gekleidetes Personal, gedämpftes Reden und Lachen; hochgestellte Persönlichkeiten schlurften gemessen über das Mosaik der Fliesen, als seien sie in diesem Hotel zu Hause.

Ein genauer Beobachter hätte außer den Gästen und dem Personal auf den Sesseln im Foyer noch einige aufmerksame Personen in Zivil wahrgenommen, die gelangweilt die Leitartikel der zentralen Blätter überflogen und zugleich in angespannter Teilnahmslosigkeit die Bewegungen der Besucher im Raum mit den Augen verfolgten. »Es wäre interessant, alle diese Gesichter zu sehen, wenn wir jetzt den Handwagen und den Tisch bei uns hätten«, dachte ich.

Meine Mutter, die soeben noch fest entschlossen gewesen war, genau hier vor Anker zu gehen, war plötzlich vollkommen verschüchtert, und ihr Blick schien zu fragen: »Ob wir lieber ein anderes Hotel suchen sollen?« Und so wäre es sicher auch gekommen, doch ausgerechnet in diesem Augenblick war die junge Frau am Empfang, wo man sich registrieren ließ, frei, und die Zimmersuchenden, die sich hinter uns angestellt hatten, gaben uns Zeichen, dass wir an der Reihe waren: »Gehen Sie nach vorn«. Es war, als schöbe uns jemand vorwärts, und obwohl wir noch nicht ganz erfassten, was wir da taten, bewegten wir uns auf den Empfangstisch aus Eichenholz zu.

»Guten Tag, Fräulein«, wandte ich mich an sie, »wir suchen bis zum Sonntag eine Übernachtungsmöglichkeit, und man hat uns gesagt, dass Sie, hier … Ich wollte fragen, ob Sie ein freies Zimmer haben.«

Allem Anschein nach hatte die Hotelangestellte uns bereits taxieren können, daher trat sie jetzt einen Schritt zurück, und während sie allen Umstehenden zu verstehen gab, dass wir hier fehl am Platze waren, musterte sie theatralisch, mit demonstrativ wichtigtuerischem Gesichtsausdruck zuerst meine Mutter, dann mich. Ihr aufmerksamer Blick blieb an dem Köfferchen in meiner Hand hängen: es war wirklich so abgenutzt, dass es wie ein wertloser Gegenstand vom Trödelmarkt aussah. Das Gesicht deutlich zu einem abfälligen Lächeln verzogen, wandte sie sich um und ohne uns weiter anzusehen, anscheinend ausschließlich zu dem Zweck, diesen respektablen Ort so schnell wie möglich von derart unansehnlichen Übernachtungsgästen zu befreien, sagte sie abfällig in einstudiert scharfem Ton: »Es gibt nur noch Luxuszimmer.«

Das war alles absolut einleuchtend. Meine Mutter hatte davon natürlich keine Ahnung, doch ich konnte mir vorstellen, wie die Luxuszimmer in einem Hotel nahe dem Kreml beschaffen sind. Solchen Komfort bekam ein Sowjetbürger höchstens im Kino zu sehen. In den Luxuszimmern stieg ein spezielles Publikum ab: hochrangige Generale und Marschälle, Diplomaten, berühmte Künstler, Sänger, reiche Intourist-Reisende aus dem Ausland. Für eine Erdkundelehrerin mit einem Monatsgehalt von einhundertzwanzig Rubeln und ihre Mutter vom Lande, die zum ersten Mal eine Großstadt besuchte, bedeutete ein Luxuszimmer so etwas wie eine Reise auf einen anderen Planeten.

Das alles wusste meine Mutter nicht, und in diesem Moment kam sie anscheinend gar nicht auf den Gedanken, dass in Moskau eine Menge anderer Plätze existierten, an denen man uns wesentlich liebenswürdiger empfangen würde.

»Und was kostet so ein Luxuszimmer?«, wollte sie mit naiver Arglosigkeit wissen und wandte sich an die junge Frau, die uns die ganze Bandbreite der hauptstädtischen Gastfreundlichkeit vorführte, indem sie die Rechnungen auf ihrem Tisch durchzählte.

»Ein Zwei-Bett-Zimmer«, sagte sie nebenbei, während sie sich ausschließlich mit den Papieren in ihrer Hand beschäftigte, »kostet pro Übernachtung fünfundsiebzig Rubel aufwärts.«

Eine unvorstellbare Summe. Ich wollte vor Scham im Boden versinken, doch meine Mutter zeigte keinerlei Regung, dass sie die Segel streichen und das Hotel endlich verlassen werde! Da sie vor wenigen Minuten angekündigt hatte, mit mir im nächstgelegenen Hotel zu übernachten, wollte sie ihr Wort nicht brechen und raffte wahrscheinlich gerade allen Mut für ein so unvernünftiges Vorhaben zusammen. Peinliches Schweigen. Und dann plötzlich mit einer ungemein deutlichen, ruhigen Stimme:

»Also gut, Fräulein! Seien Sie so nett und geben Sie mir und meiner Tochter für drei Nächte Ihr Luxuszimmer!«

Auf eine derartige Absichtserklärung war die Empfangsdame offensichtlich nicht gefasst. Ihre Finger blieben reglos zwischen den Stapeln der Rechnungsblätter stecken, die geweiteten Pupillen hoben sich und ihr Blick irrte mit argwöhnischer Aufmerksamkeit über unsere Gesichter, dann über unsere unansehnliche Garderobe: offensichtlich konnte sie nicht begreifen, worin der Trick bestand und was sie jetzt tun sollte. Fassungslos fragte sie zurück:

»Wie … Sie wollen drei Nächte in einem Luxuszimmer bezahlen?«

»Sie haben uns doch eben gesagt, dass Sie nichts anderes mehr haben«, gab meine Mutter gelassen den Ball zurück.

Die junge Frau stieß einen erstickten Laut aus, eine Art Schnaufer wie eine verärgerte Verkäuferin, antwortete aber nicht. Abrupt verließ sie ihren Arbeitsplatz, wandte sich zwei Männern zu – Hotelmitarbeitern, die in der Nähe standen – und deutete unzufrieden in unsere Richtung. Die beiden wechselten ein paar Worte miteinander, zuckten dann nur gleichmütig die Achseln, und unsere »Dame« war gezwungen zurückzukehren.

»Wenn Sie hierbleiben wollen, brauche ich Ihre Pässe und zweihundertfünfundzwanzig Rubel für drei Übernachtungen«, sagte sie langsam und kniff die Augen misstrauisch zusammen.

Meine Mutter nickte zur Antwort, doch dann passierte die allergrößte Peinlichkeit. Während der ganzen Reise hatte sie das Geld an einem »sicheren« Ort aufbewahrt und selbstverständlich nicht damit gerechnet, dass sie es vorzeitig herausnehmen müsse. Um es unauffällig herauszuholen, drehte sie der Angestellten den Rücken zu, was eine weitere Konfusion verursachte: hinter uns hatte sich bereits eine Schlange von Touristen gebildet, die darauf warteten, dass diese zähe Angelegenheit endlich ihren logischen Abschluss findet. Als sie die eleganten Männer vor sich sah, die neugierig den Vorgang verfolgten, geriet meine Mutter in noch heftigere Verwirrung und sah sich gezwungen, sich wieder dem Empfangstisch zuzuwenden.

»Gute Frau, was ist denn jetzt los, bezahlen Sie endlich? Zweihundertfünfundzwanzig Rubel und die Ausweise. Sie sehen doch, hinter Ihnen warten Bürger aus dem Ausland!«

Es schien, als sei alle Aufmerksamkeit der Welt in diesem Augenblick nur auf uns gerichtet – auf zwei umständliche, von einer langen Reise erschöpfte Frauen.

Aber es gab keinen Ausweg, und zur großen Verblüffung der Umstehenden öffnet meine Mutter plötzlich den obersten Knopf ihrer Bluse, greift mit zitternden Fingern ins Mieder und holt einen Packen feuchter Lappen heraus – ihre gesamte Barschaft, die wir für den Verkauf des elterlichen Hauses erhalten hatten. Als sie ihn aufgeblättert hat, zählt sie die verlangte Menge gequollener, schweißnasser Banknoten ab, überreicht den durchweichten Pass und sagt, nachdem sie einmal tief Atem geholt hat, mit bedächtiger Stimme:

»Bitte mit Blick auf den Roten Platz, junge Frau!«

Ich hörte, wie hinter uns jemand – wohl ein Italiener – in heftiges Lachen ausbrach. Die Angestellte verzog das Gesicht. Mit einer starren Miene, die »Haben Sie das gesehen?!« ausdrückte, glotzte sie verwirrt in die Runde.

»Das Zimmer mit Blick auf den Roten Platz beläuft sich auf zweihundertundsiebzig Rubel«, brachten ihre zu einem festen Klumpen geschrumpften Lippen hervor, und erst in dem Augenblick, als meine Mutter die fehlenden Geldscheine glattstrich, begriff ich, dass alles, was hier gerade ablief, wirklich geschah!

Dass es kein Scherz ist, kein Lotteriespiel und kein Film: nur noch ein Moment und die märchenhafte, unfassbare Summe verschwindet auf Nimmerwiedersehen in den Eingeweiden dieses gigantischen Kubus! Und wofür verschleudern wir sie?! Nicht für zwei Wochen auf der Krim oder im Altai, nicht für einen neuen Fernsehapparat oder einen Teppich – sondern für gerade mal drei Übernachtungen in einem Hotelzimmer, in dem wir trotz allem aussehen werden wie zwei Bettelweiber in der Gasse der Brezelbäcker.

Das bescheidene Leben einer Schullehrerin verträgt sich nicht mit diesem Luxus. Ich glaube, vor Aufregung bekam ich sogar erhöhte Temperatur – so leid tat es mir plötzlich um das Geld. Du lieber Gott, zweihundertsiebzig Rubel für drei Nächte in Moskau!

Nachdem sie die Formulare ausgefüllt hatte, wies die Empfangsdame den Hausdiener auf meinen Koffer hin, reichte ihm die Schlüssel, und mit einem verkniffenen Gesichtsausdruck, mit dem man einen Patienten taxiert, dessen Diagnose hoffnungslos, aber noch nicht bestätigt ist, wies sie ihn an, uns aufs Zimmer zu begleiten und genau zu erklären, wie man den Komfort nutzen dürfe und was definitiv verboten sei.

Stechende Blicke von allen Seiten, der geräumige Aufzug, das endlose Labyrinth der Hotelkorridore, die Überraschung angesichts der Eleganz dieses noblen Zimmers. Nachdem wir so viele Wochen unser Nachtquartier unter freiem Himmel, in einem Stall oder im Heu gehabt hatten, jetzt von Eichenmöbeln, steifgebügelten Doppelkissen am Kopfende der breiten Betten, gekühltem Sekt auf dem Tisch umgeben zu sein und durch die opalen schimmernden Gardinen die Umrisse des Kremls zu erblicken – das war eine zu heftige Kehrtwendung für mich. Ich wollte nur noch in die Badewanne, die Augen schließen, nichts mehr wahrnehmen und erst dann aufwachen, wenn Leib und Seele sich erholt hatten und wieder zu Kräften gekommen waren, offen für einen neuen Tag.

DER FRISEUR

Am nächsten Morgen wurde beschlossen, unverzüglich etwas für unser Äußeres zu tun. Ein Bügeleisen gab es auf unserer Etage, und nachdem wir in die letzten sauberen Kleider geschlüpft waren, begaben wir uns sofort zum Friseur im unteren Bereich unseres Hotels.

Ein starker Duft nach Eau de Cologne und Haarwaschmitteln erfüllte den geräumigen Salon, dessen gesamte Einrichtung im Stil des spätsowjetischen Konstruktivismus gehalten war. Um diese frühe Tageszeit war der einzige Kunde ein angeberischer Pensionär, der wie ein General aussah. Die kurzen grauen Haare des alten Mannes lagen schon akkurat an ihrem Platz, nun wurden ihm noch die Schläfen verschönert. Er trug einen plumpen Anzug von dunkelbrauner Farbe und wirkte wie ein pensionierter Beamter aus der tiefsten Provinz, der aus seinem verschlafenen Leben geflüchtet ist und vielleicht wie wir zum ersten Mal die Hauptstadt besucht. Nach seinen aufgerissenen Augen und einer gewissen Anspannung zu urteilen, mit welcher der rot angelaufene Kopf des Pensionärs aus dem weißen Tuch über dem Anzug herausschaute, wirkte er äußerst verärgert und bereit, im nächsten Augenblick laut fluchend vom Stuhl aufzuspringen und den Salon zu verlassen. Der Friseur, ein zappeliger Mann mit kurzgeschorenen Haaren, schien gar nicht darauf zu achten, und als er uns erblickte, erstarrte er plötzlich in einer theatralischen Pose. Während er die neuen Gäste eingehend musterte, klapperte er mit seiner Schere. Seine Verblüffung hielt nur kurz an: nachdem er sich davon überzeugt hatte, dass wir wirklich zum Haareschneiden gekommen waren, murmelte er zuerst so etwas wie »Was für ein Tag heute«, und als er sich gefasst hatte, deutete er übertrieben resolut auf ein paar Stühle:

»Na, dann also ... Kommen Sie hier durch, Bürgerinnen, wir haben Platz genug! Bitte, setzen wir uns doch hierher und warten, bis der Kunde fertig ist. Hierher, liebe Bürgerinnen – nein, nicht stehen bleiben, das taugt nichts – Stehen führt zu nichts ...«

In seinem eng anliegenden weißen Rollkragenpullover und den taillierten weiten Schlaghosen glich der Friseur auf den ersten Blick einem Tangojüngling. Deren Haare fallen in der Regel jedoch bis auf die Schultern, und er mit seinem Bürstenschnitt sah eher wie ein Knastbruder aus, der seit ein paar Monaten wieder in Freiheit ist. Geziert die Finger spreizend, fragte er uns aus, ob wir schon lange hier sind und woher wir kommen; aufreizend, wie eine zappelige Ziege, schwenkte er seinen Hintern, gab unsinnige Interjektionen und Sätze von sich wie »aha-aha-aha« oder »hm-hm-hm«, »o-oj, da sehn'se mal, was passiert«. Er sprach dermaßen merkwürdig, gewollt im Moskauer Jargon und zog den Vokal »a« in jedem Wort so eigentümlich in die Länge, dazu noch dieses Gehabe, dass wir am liebsten wieder hinausgegangen wären, um einen anderen Friseur zu suchen. Doch am Ausgang hielt der Mann meine Mutter mit einer unbegreiflichen Beharrlichkeit zurück:

»Aaalso, und wo wollen Sie jetzt mit Ihrem Aussehen hin? Das geht gar nicht, so kann man nicht im Hotel herumlaufen!«

Er setzte sie auf einen freien Sessel, und nachdem er ihr eine Modezeitschrift in die Hand gedrückt hatte, begann er laut zu überlegen, welche Frisur am besten zum Besuch des Moskauer Zoologischen Gartens, der Museen und des Roten Platzes passt.

Weshalb, weiß ich nicht – vielleicht, weil der Hotelfriseur seit Langem keine Gelegenheit gehabt hatte, zwei solche Vogelscheuchen bei sich sitzen zu sehen, und weil er frühmorgens keine anderen Kunden erwartete. Wahrscheinlich entzündete das Berufsethos dieses Meisters seiner Zunft seinen Ehrgeiz, aus den Schreckgestalten, die er anfangs wahrgenommen hatte, etwas vollkommen anderes zu machen. Und ich muss gestehen, sobald der Mensch die Schere in die Hand nahm und mit der Arbeit anfing – verwandelte sich meine Ironie und Geringschätzung zuerst in Verwunderung, dann, als ich den Haarschnitt meiner Mutter sah, in ehrliche Begeisterung.

»Ja-ja-ja, meine Lieben«, schwätzte er, während er die Haarsträhnen mit seinem kleinen Kamm glättete, »nuuur so geht das! Nur so!«

Ehe wir hinausgingen, baten wir ihn noch, uns zu helfen, ein Bekleidungsgeschäft zu finden. Der freundliche Mann notierte etliche Adressen auf einem Blatt aus einem Schulheft und zeichnete auf, wie wir am besten dorthin kommen, und wir verabschiedeten uns in der heitersten Gemütsverfassung.

SUBSTANTIVE

Mein lieber Sohn! Je länger ich dir von der Geschichte unserer Familie erzähle, desto klarer wird mir, dass ich es eigentlich für mich selber tue. Anders hätte ich mich kaum in dieser Menge unsinniger Kleinigkeiten und Details verloren, die vollkommen uninteressant sind.

Ein Jahr ist vergangen, es ist wieder September. Und wieder starre ich durch die nassen Fensterscheiben der Wohnung auf die Dächer der Nachbarhäuser. Beobachte zig Fernsehantennen, die wie Hirschgeweihe in den bleigrauen Himmel ragen und ein Gewitter auslösen. Die immer gleichen sehnsüchtig-langweiligen Augen hinter den Fenstern gegenüber …

Ein Berg von Blättern auf der Tischplatte meines Vaters: durchgestrichene Wörter, zerrissene Seiten, überklebte und ins Reine geschriebene Absätze, noch einmal überklebte und noch einmal in kleiner Schrift Erinnerungen: Verben, Adjektive, Substantive. Wie einfach alles auf dem Papier aussieht … Ausgestrichen. Ausradiert. Abgeschrieben.

Von der ersten Zeile an ist meine Erzählung doch für dich bestimmt, aber was geht in mir vor? Jedes Mal, wenn dein Besuch bei mir bevorstand, legte ich die Seiten in eine alte Schreibmappe, kroch unter den Tisch und versteckte unsere Geschichte, wie meine Mutter es jahrelang mit ihren Geheimnissen getan hatte.

Was bedeutet das? Wovor habe ich Angst? Warum verberge ich vor meinem einzigen Sohn, was nur für ihn bestimmt ist?

Wie viel Papier ich im Verlauf dieses Jahres vollgeschrieben habe, wie viele Gedanken mir durch den Kopf gegangen sind! Ich hatte so sehr gehofft, wenn ich es fertigbringe, dir die Geschichte unserer Familie zu erzählen, dann würde ich mich vielleicht selbst in ihr zurechtfinden … Aber worin eigentlich? … Allein finde ich keine Antwort.

Daraus folgt, ich habe unzählige Seiten mit Wörtern bedeckt und bin gezwungen einzugestehen, dass ich mich eigentlich genau so fühle wie an jenem Tag, als du nach Hause fuhrst, ohne zum x-ten Mal eine Antwort zu bekommen.

Ich neige immer stärker zu der Auffassung, dass die Jahre vergehen, der Mensch sich im Innersten aber nicht ändert. Als lenke ein unsichtbarer Magnet ihn auf die immer gleiche Umlaufbahn, auf alte Lieben und alte Fehler. Und es bedarf einer beträchtlichen Anstrengung, einer unvorstellbaren seelischen Erschütterung, vergleichbar derjenigen, die ich erlebt habe, als ich mit meiner Mutter und unserem Tisch zu Fuß unterwegs war, um versteinerte Denkweisen zu zertrümmern und womöglich in neuen Halt zu finden. Vielleicht …

Ob meine Geschichte bei dir eine solche Erschütterung bewirkt – dessen bin ich mir nicht sicher.

Aber ich wünschte es so sehr …

MEERESFRÜCHTE

Die Ratschläge des amüsanten Friseurs hatten uns die ermüdende Suche nach einem Konfektionsladen erspart. Schon bei der ersten Adresse fanden wir alles, was wir erstehen wollten.

Ich hatte vorher noch nie Gelegenheit gehabt, mich an einem Ort aufzuhalten, wo es in solchen Mengen modische Kleidung gab. In dem weiträumigen Saal des Handelszentrums hingen hinter offenen Regalen mit den unterschiedlichsten Stoffballen Damenkostüme und -kleider. Da ich das üppige Angebot in der Hauptstadt nicht gewohnt war, sah ich mir zuerst die verschiedenen Modelle genau an, doch jedes Mal, wenn ich ein Preisschild musterte, legte ich das Kleid wieder weg, bis meine Mutter mich zur Ordnung rief und daran erinnerte, dass wir nicht sparen wollten.

Erst als ich mich ein wenig an den Spiegel gewöhnt hatte, kam mir zu Bewusstsein, wie gründlich die Wanderung uns verändert hatte. Mir wäre nie in den Sinn gekommen, dass mir jemals wieder Kleidergrößen passen würden, die ich seit Langem nicht mehr anprobieren mochte. In gewisser Weise gefiel ich mir sogar, betrachtete ich neugierig den Schnitt und wandte ich nicht mehr so schnell wie möglich den Blick vom Spiegel ab. Meine Mutter war sowieso nicht korpulent, und jetzt – ihre vom Fußmarsch schmal gewordene Figur war geradezu adlig mager – wirkte sie in ihrem eleganten Aufzug, mit der modischen Frisur, wie eine prominente Vertreterin der vermögenden Moskauer Gesellschaft.

Wir probierten noch mehr Kleider an, und während ich mich dieser Beschäftigung begeistert hingab, ertappte ich mich bei dem Gedanken, dass ich mich wie ein kleines Mädchen fühlte: ungeschickt, krummbeinig, naiv. Ich war wieder das Kind, das hingerissen seine schöne Mama anschaut, die gerade ein atemberaubendes Kleid anzieht, und davon träumt, irgendwann einmal ebenso erwachsen und schön zu werden. Was manchen in der Kindheit widerfährt, das traf mich jetzt unversehens im vorgerückten Alter.

Welche Ironie! Wie seltsam, wie bizarr und lächerlich …

Meiner Mutter standen viele Kleider zu Gesicht. Wenn sie eins überstreifte, verwandelte sie sich in eine überraschend schöne Frau, und es war deutlich zu sehen, dass ihr gefiel, was sie erblickte. Sie posierte, sie drehte sich nach verschiedenen Seiten, betrachtete prüfend den Kleiderschnitt und genoss, ein wenig verlegen, den eigenen Anblick. Nachdem wir mehrere Modelle anprobiert hatten, fiel unsere Wahl auf ein Kostüm, das meiner Mutter besonders gut stand. Wir waren schon an der Kasse, als ihr Blick auf ein Kleid fiel, das zwischen billigen Fabrikaten am Eingang zur Strickwarenabteilung hing. Sie legte das Kostüm hin, nahm das Kleid überrascht in die Hände, betrachtete den blauen Stoff, das Muster, drehte es hin und her, hielt es sich an und sah erschüttert auf ihr Abbild im Spiegel.

Es war ein Baumwollkleid mit kleinen Streublümchen, ziemlich einfach geschnitten, gar nichts Besonderes.

Die Wahl meiner Mutter war unbegreiflich – sie selbst hatte doch darauf bestanden, an nichts zu sparen.

»Wer hätte das gedacht …?«, murmelte sie leise.

»Was? Mama, was hast du denn jetzt?«

»Wer hätte gedacht, dass ich es noch einmal wiedersehe –«, antwortete meine Mutter, »genau wie das von Aviva.«

Nachdem wir uns im Hotel umgezogen hatten, schlenderten wir den lieben langen Tag durch die Parks, aßen uns an Sahneeis satt; später, als wir zufällig zum Bolschoj-Theater kamen, erhandelten wir zwei Eintrittskarten und waren tief beeindruckt von der Schönheit der Inszenierung, von der Bosheit des wahnsinnigen Macbeth. Es waren unvergessliche Urlaubstage.

Und abends hatten wir wieder Glück. Im Restaurant auf dem Dachgarten unseres Hotels bekamen wir einen Tisch mit einem herrlichen Rundblick. Die Musik spielte. Unter den Klängen italienischer Melodien sahen wir von unserer Höhe auf das Panorama des abendlichen Moskau. Bilder und Erinnerungen an die vergangenen Tage schossen mir durch den Sinn. Mamas durchgeschwitztes Taschentuch mit den Geldscheinen vom Hausverkauf; das großflächige Gesicht des Armeniers, der zu unserer Begrüßung die Arme ausbreitete; der Zug von aufgeregten Pionieren in der Schlange vorm Mausoleum; der grausame gewissenlose Macbeth in der Aufführung; die ausländischen Touristen, die uns zuwinkten.

Übers ganze Gesicht lächelnd verfolgte meine Mutter aufmerksam das übliche Treiben im Restaurant, mit welch höflicher Zuvorkommenheit die Kellner neue Gäste begrüßten, sie musterte die Besucher an den Nachbartischen. Es gelang mir nicht herauszufinden, was sie in diesem Augenblick bewegte. Gefiel ihr dieser schockierend exklusive Ort auf der Dachterrasse des Hotels mit seinem lässigen, fast unbegreiflich betäubenden Luxus – so berauschend, elegant und … unsowjetisch?

Meine Mutter lächelte. Verblüffend war, dass ihr Blick nicht dem einer Frau vom Lande glich, die sich zum ersten Mal in der Hauptstadt aufhält. Sie benahm sich, als gehörten solche Abende selbstverständlich zu ihrem Alltag. In ihrem grauen Kleid, mit den neuen Stöckelschuhen aus dem Mospromtorg, der Kette aus winzigen Perlen wirkte sie modisch und weiblich.

»Ist es möglich«, dachte ich, »haben wir wirklich vor Kurzem noch am Feuer gesessen und uns mit den in der Glut gerösteten Kartoffeln abgeplagt, beide verschmutzt und komisch anzusehen?!«

»Los, Anna, lass uns etwas Ausgefallenes bestellen, Meeresfrüchte!«

Ein bärtiger, hochaufgeschossener Ober mit goldenen Knöpfen am pechschwarzen Frack klappte höflich die Speisekarte vor uns auf.

»Wir haben Stör, Scholle mit geräucherter Füllung, außerdem Barsch und Karpfen, roten und schwarzen Kaviar« – jedes einzelne Wort betonend und dazwischen innehaltend, zählte er die Auswahl an Fischen auf.

Doch alle diese herrschaftlichen Köstlichkeiten, die meine Mutter bisher gewiss nie genossen hatte, schienen immer noch nicht das »Ausgefallene« zu sein, was ihr als Gaumenkitzel vorschwebte. Als der Kellner das Zögern bemerkte, beugte er sich ein wenig zu ihr hinab und halblaut, vertraulich:

»Heute war eine ausländische Delegation bei uns ... es gibt noch Austern, wenn Sie wünschen. Eine höchst seltene Delikatesse – die Sie nicht auf der Speisekarte finden.«

Er blinzelte listig und deutete auf ihren Hals, als er verschwörerisch hinzufügte:

»Vielleicht haben Sie Glück, Madame, und finden noch eine Perle für Ihre wunderbare Kette. Austern aus dem Chassansee. Aus der Bucht Peters des Großen – eine göttliche Speise. Für ganz besondere, für seltene Gäste.«

Austern? Nur mit Mühe konnte ich mir darunter etwas vorstellen, und wer von uns Sowjetbürgern hatte schon mal Austern zu Gesicht bekommen, geschweige denn probiert?

Meine Mutter gestand, dass sie noch nie welche gegessen habe und gar nicht wisse, wie man sie überhaupt verzehrt; daraufhin wurde uns versichert, das sei ganz einfach und man würde uns alle notwendigen Tricks dieser Prozedur erklären. Zu den Austern wurde eine Karaffe Wodka bestellt; und ein köstlicher Salat aus aromatischen Tomaten rundete unser luxuriöses Abendessen ab.

Zitrone, Wodka und Austern – wir lächelten, plötzlich war uns unbeschreiblich fröhlich, leicht und beschwingt zumute.

Auf einmal fragte meine Mutter:

»Sag, Anna, habe ich dir als Kind oft wehgetan?«

»Nein, Mama, was reden Sie da? Niemals! Wie sind Sie überhaupt auf diesen Gedanken gekommen? Ich …, wir haben nur niemals richtig miteinander gesprochen – wir lebten miteinander, Sie haben mich geliebt, aber … aber irgendwie waren Sie für mich nicht da. Und ich habe mich nicht getraut zu fragen: ich spürte, anscheinend ganz unbewusst, dass es außer mir etwas in Ihrem Leben gibt. Dieses ›Etwas‹ konnte ich nicht begreifen und war eifersüchtig auf Sie und dieses Unbekannte.

Stellen Sie sich vor – ich habe Ihnen sogar nachspioniert: ich habe Sie beobachtet, mich versteckt und Angst gehabt, Sie zu stören. Ich dachte, vielleicht haben Sie heimlich einen Freund und Sie treffen sich mit ihm. Doch jedes Mal gingen Sie nur an ein und dieselbe Stelle. Und ich, aus meinem Versteck, sah Ihnen zu, wie Sie am Ufer unseres Flüsschens standen. Als warteten Sie auf jemanden oder als nähmen Sie Abschied.

Für mich waren Sie ein Buch mit sieben Siegeln. Mein allerliebstes versiegeltes Buch. Und jetzt bin ich einfach … mir fehlen die Worte.«

WARUM MARS?

Meine Mutter versank in Nachdenken. Das Lächeln, das ihr Gesicht mit den Farben der fernen Jugend erhellte, nahm eine verhaltene Traurigkeit an.

»Erinnerst du dich an die Geschichte des Postmeisters? Hunderte von Werst von den Hauptstädten entfernt, versah der verwitwete Postmeister Samson Wyrin irgendwo auf dem Lande seinen Dienst. Sein bescheidenes Haus war weit und breit die einzige Herberge für russische Bürger – er fütterte und wechselte die Pferde, gab den von der langen Fahrt erschöpften Reisenden ein Nachtlager. Dunja, die Tochter des Postmeisters, zog im Garten weiße Rosen und half mit der Unbeschwertheit eines anspruchslosen Gemüts dem Vater bei allen Angelegenheiten der Wirtschaft und des Hauses.

Samson liebte seine Dunja. Je älter sie wurde, desto klarer traten die Züge der entschlafenen Gattin bei ihr hervor, desto stärker krampfte sich Samsons Herz vor zärtlicher Liebe und Trauer zusammen. So lebten sie einträchtig miteinander, doch eines Tages brach ein Schneesturm aus.

Ende September Blitz und Donner, ungewöhnlich heftige Winde überraschen sie. Und zu all diesem Unglück trifft ein junger Offizier auf der Poststation ein – ein Angehöriger der Zarenarmee. Der junge Mann ist bis auf die Haut durchnässt, er hat Fieber, bittet die Wirtsleute, ihn für ein paar Tage bei sich zu behalten, bis seine Erkältung abgeklungen ist.

Dunjascha, eigentlich noch ein Kind, bringt ihm Tee mit Himbeeren, macht ihm Wodka-Kompressen, kümmert sich von ganzem Herzen um ihn und liest dem hochwohlgeborenen Offizier unterhaltsame Bücher vor. In ihrer Arglosigkeit kommt ihr nicht zu Bewusstsein, wie sie sich in den jungen Offizier verliebt. Mal lacht sie übermütig, mal wird sie verlegen, stellt neue Blumen in die Vase. Der Vater macht sich keine Gedanken. Er glaubt:

›Die Tochter ist so jung – sie ahnt noch nichts von zärtlichen Gefühlen.‹ Doch was heißt hier ›ahnt noch nichts …‹

Der Soldat ist unwiderstehlich und klug, er verdreht Dunja so gründlich den Kopf, nimmt ihr Herz so gefangen, dass sie, von der ersten Liebe überwältigt, nur auf seine Überredungskünste hört und ohne einen Brief zu hinterlassen, mit dem Offizier nach Sankt Petersburg reist.

Samson bleibt allein zurück. Nachdem er zuerst die Gattin, nun auch die geliebte Tochter verloren hat, rauft er sich ob der Schande die Haare, weiß nicht, wohin mit sich, und nimmt an, dass der Bruder Leichtfuß aus der Hauptstadt Dunja betrogen und, ihrer überdrüssig geworden, verstoßen hat. Wieviele ihresgleichen leben elend in solch einem Petersburg, müssen betteln gehen; und – was noch schlimmer ist – sie sind gezwungen, ihr Dasein auf schamlose Weise zu fristen.

Haltlos betrinkt sich Samson: die Einsamkeit, der Gedanke an das geliebte Kind rauben ihm gänzlich den Schlaf. Endlich rafft er sich auf, um in die Hauptstadt zu reisen, jenen Offizier ausfindig zu machen, sein heißgeliebtes Kind aus dessen Fesseln zu befreien, alles zu vergeben, auf die Poststation heimzukehren und das frühere Leben fortzusetzen.

Eisiger Wind, Petersburger Frostwetter. Schneidende Kälte. Ohne Verwandtschaft, ohne Bekannte in der fremden Stadt, schleppt Samson sich an den kältestarrenden Häusern entlang. Aus einem Eintrag im Gästebuch erfährt er die Adresse des jungen Militärs: er wartet auf ihn, versteckt sich hinter Bäumen und Hausecken, schleicht wie ein verwundeter Wolf hinter ihm her, lauert ihm auf und findet schließlich den Ort, wo seine Dunja lebt.

Ein steinernes Gebäude, am Paradeeingang ein Pförtner, herrschaftliche Petersburger Wohnungen, und dort irgendwo lebt Dunjascha, wie eine ausländische gnädige Frau aus einem der feinsten internationalen Modejournale gekleidet – sein wunderbares, unbeschreiblich schönes Kind.

Durch eine List gelangt der alte Mann zu ihr hinauf, stellt sich als ein anderer vor, dringt in ihre Zimmer ein, erblickt Dunja und wirft sich seiner Tochter wie ein Leibeigener zu Füßen. Er schluchzt, bittet sie kniefällig, von diesem sündhaften Leben abzulassen und aufs Land heimzukehren – dorthin, wo ihr Haus steht, wo er lebt; dorthin, wo Dunja geboren ist und wo ihre Mutter im Grabe ruht – auf die Poststation in der fernen Einöde.

Die Tochter ist zu Tode erschrocken. Zutiefst beschämt verliert sie das Bewusstsein. Der Offizier kommt nach Hause. Als er seine Geliebte ohnmächtig vorfindet, jagt er den Postmeister fort, verlangt von ihm, sie beide in Ruhe zu lassen und ihn nicht mehr daran zu hindern, Dunja glücklich zu machen.

Samson geht fort aufs Land. Eine Zeitlang macht er noch den Dienst auf der Poststation, doch innerlich verzehrt ihn die abgrundtiefe Kränkung wie ein schwelendes Feuer. Er ergibt sich vollends dem Trunk und stirbt nach kurzer Zeit an der Kreuzung der Gouvernementsstraßen.

Die Jahre vergehen. Eines Tags hält eine sechsspännige Kalesche an der Poststation. In der stattlichen Kutsche drei kleine Jungen, eine Kinderfrau, ein schwarzer Mops, Geschenke für den Vater, eine Zigarrentasche. Dunja geht ins Haus, in dem sie geboren ist, doch … dort hat sich alles verändert: ein anderer Postmeister lebt dort, eine andere Hausfrau mit ihren Kindern, fremde Gerüche, ein anderes Leben.«

Meine Mutter schaute irgendwohin durch die Kremltürme, ihre Lippen zitterten nervös.

»Warum? Ich weiß es nicht. Ich kann nicht erklären, weshalb diese Erzählung mich dermaßen erschüttert hat. Das alles ist doch niemals geschehen, es ist eine ganz gewöhnliche erfundene Geschichte, der Einfall eines Schriftstellers. Aber weißt du, manchmal habe ich mir tagelang Dunjas neues Leben in Petersburg vorgestellt und sie innerlich verteidigt. Ich habe ihren erdichteten Vater angefleht, ich habe ihm zu erklären versucht, dass das Glück seiner Tochter auch sein Glück ist. Dass man verzeihen und verstehen muss, wie schwierig es für ein junges Mädchen ist, alles aufzugeben um der Hoffnung auf ein Glück willen, und sei sie noch so trügerisch, womöglich die einzige.

Du wirst es nicht glauben, ich habe sogar selber eine Erzählung geschrieben. Die gleiche Geschichte, aber aus ihrer Sicht – die der halberwachsenen Dunja Minskaja. Du findest mich naiv? Ich weiß selber, dass ich eine unwissende alte Frau bin …«

Es dämmerte. Am Horizont hatte der Himmel das flimmernde Panorama der Hauptstadt mit warmen Farbtönen überzogen. Von der Höhe des Hoteldachs aus konnte man noch lange den Roten Platz erkennen, die klaren Linien der Kremlmauern und das feierliche Leuchten der rubinroten Sterne auf den Turmspitzen bewundern. Zu Tausenden erhellten vielfarbige Lichter die Moskauer Weite und verschönten das unabsehbare Gewirr von Brücken, Kirchen, bizarren Hochhäusern, den Windungen des Flusses und all dem, das in der allgemeinen Symphonie des Tagesausgangs zusammenfloss. Faszinierende Geräusche aus unterschiedlichen Richtungen erfüllten die Weite mit der melodischen Vielstimmigkeit des sich langsam nähernden Herbstes. Eine neue, triumphierende Lebenskraft durchströmte alles, was unser Blick streifte. Wir waren Zuschauer, wir waren Zeugen eines Daseins, das jeglichen Zweifel und Verfall abgeschüttelt hatte – nur noch Stolz und unerschütterliches Vertrauen darauf, dass der morgige Tag heller sein wird als der gestrige.

Hinter unserem Rücken fuhren die Autos auf mehrspurigen Straßen vorüber. Der Widerhall dieser Bewegungen bildete ein überwältigendes Geräusch, ähnlich dem Rascheln von Blättern oder den Regentropfen, die an die nassen Fensterscheiben einer Datscha trommeln – ebenso friedlich, wohltuend und allmählich verebbend.

Unten, vorm Kreml, amüsierten sich die jungen Leute. Die Burschen lachten dröhnend, aus ihren Kassettenrekordern erklangen neue Melodien, seltsame Rhythmen.

»Weißt du«, sagte meine Mutter langsam, »ich habe einen Traum. Ein Mal möchte ich so gern nach Deutschland. Du kannst dir nicht vorstellen, wie gern. Wir … wir beide würden gemeinsam dorthin fahren, in den Dom gehen, in dem mein Vater getraut wurde. Stell dir das vor! Und dann … danach würden wir uns auf den Zug setzen und direkt nach Frankfurt fahren! Wir würden das Haus, in dem Georg wohnte, ausfindig machen, es eine Weile betrachten … Ob ich ihn erkennen werde?«

Ab und zu lächelte sie, dann wieder verschleierten sich ihre geröteten Augen vom Nebel der Erinnerungen. Meine liebe Mutter …

»Wer weiß, vielleicht lebt er gar nicht mehr – so viele Jahre sind seitdem vergangen. So viele Jahre … Wir würden in die Berge fahren. Ach, nur einen einzigen Blick auf die Felsen dort oben werfen, die Luft atmen, die er geatmet hat …«

Unruhig wanderte ihr Blick von den Fenstern und Dächern zur Linie des Horizonts. Dort irgendwo, dahinten lag ihr Elternhaus, dazwischen zig Kilometer Asphalt, Weizen- und Roggenfelder. Und noch weiter in derselben Richtung tauchten die Berge in Deutschland vor mir auf, und unwillkürlich stand mir ein süßliches Film-Happyend vor Augen: Da sitzt sie, meine liebe Mutter, auf der hohen Dachterrasse nahe den wie Garbenbündel umflochtenen Kuppeln der Basiliuskathedrale, denkt an ihre letzte Liebe, und fern von hier blickt in diesem Moment Georg von einem Gipfel ins Weite und versucht wie sie, sich vorzustellen, wie wohl ihr gemeinsames Leben ausgesehen hätte. Georg ist ernst, er sieht sehr schön aus und auf eigentümliche Weise glücklich. Eine einzelne Träne rinnt in die tiefeingegrabenen Falten. Sein Sohn erscheint, und beide schauen, einander umarmend, zum Horizont.

Abspann.

Vorhang.

Licht.

Die jungen Leute mit dem Kassettenrekorder waren inzwischen vor dem Hoteleingang angekommen. Sie lärmten. Der Ungepflegteste von ihnen brüllte, trampelte und versuchte, sich von einem seiner Genossen loszureißen, der seinen Brustkorb umfasst hielt. Mal gegen die Hotelmauern gewendet, dann wieder in Richtung des Mausoleums schrie er hysterisch: »Genug! Es reicht jetzt! Aufhören! Lass mich gefälligst los! Frei-heit! *Freilassen!*« Wie wir hatten viele andere ihr Besteck hingelegt und sahen hinunter. Meine Mutter schwieg.

Die beschlagene Karaffe auf unserem Tisch bekundete mit ihrer trübgrauen Durchsichtigkeit das Ausmaß des so gedankenlos hingenommenen Luxus dieses Abschiedsabends. Sie enthielt noch einen letzten Schluck.

Die weißen Tücher, die über die Tischkanten hinabhingen, bewegten sich leicht im Wind; ich musterte unsere Teller – halbleer, cremeweiß, die glänzende Oberfläche von Craquelé überzogen. Stolz prangte in verblichenen roten Buchstaben auf ihnen das Wort »Mosobschtschepit«* – die welk gewordene Verlockung der sozialistischen Esskultur in den Nachkriegsjahren. Und diese mit ihrem Plastikperlmutter glänzenden Austern – unvorhergesehene Überreste eines Staatsbanketts: fremdartig, glichen sie ungewaschenen Kartoffelhälften, an denen noch Erde klebt – sie waren ebenso zufällig auf unseren Tisch geraten wie wir selbst hierher …

Auf einmal wollte ich unbedingt wissen, was wir da tranken. Ich wartete, dass der bärtige Kellner wieder auftauchte; ungeduldig bat ich einen anderen, mir die leere Flasche zu zeigen. »Wenn es bloß kein Kartoffelschnaps ist«, dachte ich, mein Gott, nur nicht aus Kartoffeln! Wie kann man etwas trinken, das im Finstern gezogen wurde; was nicht an der Sonne gewachsen ist, wird bei der ersten Berührung mit dem Licht zu Gift! Der Weizen dagegen – der Weizen und die Wellen von Roggenähren auf den Feldern. Bei Regen und Wind, zum Lied der vergangenen Liebe:

---

* Moskowskoje obschtscheje pitanie – etwa: Moskauer Nahrungsmittelversorgung, heute eine Restaurantbelieferungs-GmbH

Ach ihr Winde, weht nicht mehr,
Stört das blaue Meer nicht auf,
Weißer Fisch im blauen Meer.
Weißes Fischlein fürchtet sich,
Schöne Jungfrau grämet sich,
Grämet sich und weinet sehr:
Heute ist mein Trauertag,
Denn mein Liebster ist nun fort,
Ward gefangen abgeführt,
Weit ins ferne, fremde Land,
Geht den Weg nach Petersburg.
Meine Briefe kriegt er nicht,
Treuer Diener bringt sie nicht.
Denn die Diener sind gemein,
Wollen beide uns entzwei'n.

Meine Mutter fuhr mit den Fingern unruhig über die Perlen. Sie war vollkommen verändert. Jener Mensch, der aus ihrem verborgenen Innern zutage getreten war, meine Mutter, von der ich mein Leben lang sehnsüchtig geträumt und sie endlich gefunden hatte – war verschwunden.

»Es wird doch alles gut werden, nicht wahr?« Sie betrachtete ihre Hände, sah lange prüfend auf die Gelenke der greisenhaften Finger. Dann blickte sie den lärmenden Burschen nach, die sich allmählich entfernten. Leise sagte sie: »Ein Nagel ist eingerissen.«